LES CONTES

DES

FÉES,

CONTENANT

Le petit Chaperon rouge.
Les Fées.
La Barbe bleue.
La Belle au bois dormant.
Le Chat botté.
Cendrillon.
Riquet à la Houpe.
Le petit Poucet.

Par. M. PERRAULT.

Avec Figures.

MONTBÉLIARD,
LIBRAIRIE DE DECKHERR FRÈRES.

1842

(3o.)

C'est par-delà le moulin que vous voyez tout là-l

Imprimerie de Rod.-Henri Deckherr à Montbéliard.

LE PETIT
CHAPERON ROUGE.

CONTE.

IL étoit une fois une petite fille de village, la plus jolie qu'on eût su voir. Sa mère en étoit folle, et sa mère-grand' plus folle encore. Cette bonne femme lui fit faire un petit chaperon rouge, qui lui séyoit si bien, que partout on l'appeloit le petit Chaperon rouge.

Un jour sa mère ayant fait des galettes, lui dit : Va voir comment se porte ta mère-grand' ; car on m'a dit qu'elle étoit malade ; porte-lui une galette et ce petit pot de beurre. Le petit Chaperon rouge partit aussitôt pour aller chez sa mère-grand', qui demeuroit dans un autre village. Et passant dans un bois, elle rencontra compère le Loup, qui eut bien envie de la manger ; mais il n'osa, à cause de quelques bûcherons qui étoit dans la forêt. Il lui demanda où elle alloit ? La pauvre enfant, qui ne savoit pas qu'il étoit dangereux de s'arrêter à écouter un loup, lui dit : Je vais voir ma mère-grand', et lui porter une galette avec un petit pot de beurre que ma mère lui envoie. Demeure-t-elle bien loin, lui dit le Loup ? Oh oui, lui dit le petit Chaperon rouge ; c'est par-delà le moulin que vous voyez tout là-bas, à la première maison du village. Eh bien, dit le Loup, je veux l'aller voir aussi ; je m'y en vais par ce chemin-ci, et toi par ce chemin-là, et nous verrons à qui plutôt y sera. Le Loup se mit à courir de toute sa force par le chemin qui étoit le plus court ; et la petite fille s'en alla par le chemin le plus long , s'amusant à cueillir des noisettes, à courir après des papillons , et à faire des bouquets des petites fleurs qu'elle rencontroit. Le Loup ne fut pas long-temps à arriver à la maison de la mère-grand' ; il heurte, toc , toc.—Qui est-là ?—C'est votre fille le petit Chaperon rouge, dit le Loup en contre-faisant sa voix , qui vous apporte une galette et un petit pot de beurre que ma mère vous envoie. La bonne mère-grand' , qui étoit dans son lit à cause qu'elle se trouvoit un peu mal, lui cria : Tire la chevillette, la bobinette cherra. Le Loup tira la chevillette, et la porte s'ouvrit. Il se jeta sur la bonne femme, et la dévora en moins de rien ; car il y avoit plus de trois jours qu'il n'avoit mangé. Ensuite il ferma la porte, et s'en alla coucher dans le lit de la mère-grand' , en atten-dant le petit Chaperon rouge , qui , quelque temps après, vint heurter à la porte. Toc , toc.— Qui est-là ? Le petit Chaperon rouge, qui entendit la grosse voix du Loup , eut peur d'abord ; mais croyant que sa mère-grand' étoit enrhumée, ré-pondit : C'est votre fille le petit Chaperon rouge, qui vous apporte une galette et un petit pot de beurre que ma mère vous envoie. Le Loup lui cria , en adoucissant un peu sa voix : Tire la chevillette, la bobinette cherra. Le petit Chape-ron rouge tira la chevillette, et la porte s'ouvrit. Le Loup la voyant entrer, lui dit en se cachant dans le lit sous la couverture : Mets la galette et le petit pot de beurre sur la huche, et viens te coucher avec moi. Le petit Chaperon rouge se déshabille, et va se mettre dans le lit, où elle

fut bien étonnée de voir comment sa mère-grand
étoit faite en son déshabillé. Elle lui dit : Ma
mère-grand', que vous avez de grands bras !—C'est
pour mieux t'embrasser, ma fille !—Ma mère-
grand', que vous avez de grandes jambes !—C'est
pour mieux courir, mon enfant.—Ma mère-grand',
que vous avez de grandes oreilles !—C'est pour
mieux écouter, mon enfant. — Ma mère-grand',
que vous avez de grands yeux !—C'est pour mieux
voir, mon enfant.—Ma mère-grand', que vous
avez de grandes dents !—C'est pour te manger. Et
en disant ces mots, ce méchant Loup se jeta sur
le petit Chaperon rouge, et la mangea.

MORALITÉ.

On voit ici que de jeunes enfans,
Surtout de jeunes filles,
Belles, bien faites, et gentilles,
Font très-mal d'écouter toutes sortes de gens ;
Et que ce n'est pas chose étrange,
S'il en est tant que le loup mange.
Je dis le loup, car tous les loups
Ne sont pas de la même sorte.
Il en est d'une humeur accorte ;
Sans bruits, sans fiel et sans courroux,
Qui, privés, complaisans et doux,
Suivent les jeunes demoiselles
Jusques dans les maisons, jusques dans les ruelles.
Mais, hélas ! qui ne sait que ces loups doucereux,
De tous les loups sont les plus dangereux ?

Analyse sur ce Conte.

Le but de ce conte est d'apprendre aux jeunes
personnes à se défier des charmes d'un entretien
dont leur amour-propre est flatté. La jeunesse est
l'âge de la confiance ; ce sentiment est la source

des dangers. On a dit avec esprit et avec
vérité :

> Quand on daigne écouter les sons de la musette,
> On écoute bientôt les soupirs du Berger.

Les bergers sont les véritable loups. Une jeune
personne frappée de voir une imprudente de treize
ans dévorée par un loup rusé, dont elle a trop
écouté les louanges ou les conseils, craindra d'é-
couter les discours de quiconque peut tromper sa
crédulité ; et la fable qui lui peint une catastrophe
aussi effrayante, devient pour elle une vérité, en
lui donnant tout-à-coup de l'expérience.

LES FÉES.

CONTE.

IL étoit une fois une veuve qui avoit deux filles.
L'aînée lui ressembloit si fort et d'humeur et de
visage, que, qui la voyoit, voyoit la mère.
Elles étoient toutes deux si désagréables et si or-
gueilleuses, qu'on ne pouvoit vivre avec elles.
La cadette, qui étoit le vrai portrait de son père
pour la douceur et pour l'honnêteté, étoit avec
cela une des plus belles filles qu'on eût su voir.
Comme on aime naturellement son semblable,
cette mère étoit folle de sa fille aînée, et en même-
temps avoit une aversion effroyable pour la cadette. Elle la faisoit manger à la cuisine, et
travailler sans cesse.

Il falloit, entr'autres choses, que cette pauvre
enfant allat deux fois le jour puiser de l'eau à une
grande demi-lieue du logis, et qu'elle en rappor-
tât plein une grande cruche. Un jour qu'elle étoit

Elle puisa de l'eau au plus bel endroit de la fontaine, et la lui présenta.

à cette fontaine, il vint à elle une pauvre femme qui la pria de lui donner à boire, Oui-da, ma bonne mère, dit cette belle fille, et rinçant aussitôt sa cruche, elle puisa de l'eau au plus bel endroit de la fontaine, et la lui présenta, soutenant toujours la cruche, afin qu'elle bût aisément. La bonne femme ayant bu, lui dit : Vous êtes si belle, si bonne et si honnête, que je ne puis m'empêcher de vous faire un don ; (car c'étoit une Fée qui avoit pris la forme d'une pauvre femme de village, pour voir jusqu'où iroit l'honnêteté de cette jeune fille.) Je vous donne pour don, poursuivit la Fée, qu'à chaque parole que vous direz, il vous sortira de la bouche ou une fleur, ou une pierre précieuse. Lorsque cette belle fille arriva au logis, sa mère la gronda de revenir si tard de la fontaine. Je vous demande pardon, ma mère, dit cette pauvre fille, d'avoir tardé si long-temps ; et en disant ces mots, il lui sortit de la bouche deux roses, deux perles et deux gros diamans. Que vois-je là, dit sa mère toute étonnée ? je crois qu'il lui sort de la bouche des perles et des diamans. D'où vient cela, ma fille? (ce fut-là la première fois qu'elle l'appela sa fille.) La pauvre enfant lui raconta naïvement tout ce qui lui étoit arrivé, non sans jeter une infinité de diamans. Vraiment, dit la mère, il faut que j'y envoie ma fille. Tenez, Fanchon, voyez ce qui sort de la bouche de votre sœur quand elle parle : ne seriez-vous pas bien aise d'avoir le même don? Vous n'avez qu'à aller puiser de l'eau à la fontaine, et quand une pauvre femme vous demandera à boire, lui en donner bien honnêtement. Il me feroit beau voir, répondit la bru-

...le, aller à la fontaine ! Je veux que vous y alliez, reprit la mère, et tout-à-l'heure. Elle y alla, mais toujours en grondant. Elle prit le plus beau flacon d'argent qui fût dans le logis. Elle ne fut pas plutôt arrivée à la fontaine, qu'elle vit sortir du bois une dame magnifiquement vêtue, qui vint lui demander à boire ; c'étoit la même Fée qui avoit apparu à sa sœur, mais qui avoit pris l'air et les habits d'une princesse, pour voir jusqu'où iroit la malhonnêteté de cette fille. Est-ce que je suis ici venue , lui dit cette brutale orgueilleuse, pour vous donner à boire? Justement, j'ai apporté un flacon d'argent tout exprès pour donner à boire à madame ! j'en suis d'avis : buvez à même si vous voulez. Vous n'êtes guère honnête ; reprit la Fée, sans se mettre en colère ; eh bien , puisque vous êtes si peu obligeante, je vous donne pour don , qu'à chaque parole que vous direz , il vous sortira de la bouche ou un serpent, ou un crapaud. D'abord que sa mère l'apperçut , elle lui cria : Hé bien, ma fille? Hé bien , ma mère , lui répondit la brutale , en jetant deux vipères et deux crapauds. O ciel ! s'écria la mère , que vois-je là ? c'est sa sœur qui en est la cause, elle me le paiera, et aussitôt elle courut pour la battre. La pauvre enfant s'enfuit, et alla se sauver dans la forêt prochaine. Le fils du roi qui revenoit de la chasse : la rencontra, et la voyant si belle, lui demanda ce qu'elle faisoit là toute seule , et ce qu'elle avoit à pleurer ? Hélas ! monsieur, c'est ma mère qui m'a chassée du logis. Le fils du roi , qui vit sortir de sa bouche cinq ou six perles et autant de diamans, la pria de lui dire d'où cela lui venoit. Elle lui conta toute son aventure. Le fils du roi en devint amoureux, et considérant qu'un tel don valoit mieux que tout ce qu'on pouvoit donner en mariage à une autre, l'emmena au palais du roi son père, où il l'épousa. Pour sa sœur, elle se fit tant haïr, que sa propre mère la chassa de chez elle ; et la malheureuse, après avoir bien couru sans trouver personne qui voulût la recevoir, alla mourir au coin d'un bois.

MORALITÉ

Les diamans et les pistoles
Peuvent beaucoup sur les esprits :
Cependant les douces paroles
Ont encor plus de force, et sont d'un plus grand prix.

AUTRE MORALITE.

L'HONNÈTETÉ coûte des soins,
Et veut un peu de complaisance ;
Mais tôt ou tard elle a sa récompense,
Et souvent dans le temps qu'on y pense le moins.

Analyse sur ce conte.

Il s'agit de deux jeunes filles inégalement partagées du côte du caractère. L'une est douce et officieuse, l'autre est fière et désobligeante. Leur humeur influe sur leurs procédés. Elles trouvent toutes les deux le prix qui est dû à leur différente manière d'agir, dans la même circonstance. Le conte dans lequel l'une est opposée à l'autre par la destinée, comme par la conduite, présente une double leçon. La mère des deux filles est idolâtre de celle que ses yeux ne devroient envisager qu'avec douleur : la plus aimable est l'objet de sa haine. Cet exemple est commun ; les suites en sont ordinaires. La morale a souvent essayé de détruire ce scandale domestique, par l'usage de ses maximes respectables ; le mal subsiste , et nous étonne tous les jours. L'auteur a cru qu'un action surnaturelle , racontée d'une manière naïve, entreroit plus utilement dans l'esprit , qu'une aventure plus ordinaire. La mère injuste , la fille orgueilleuse , sont toutes deux punies. C'est un petit cadre qui renferme un grand tableau.

LA BARBE BLEUE.

CONTE.

IL étoit une fois un homme qui avoit de belles maisons à la ville et à la compagne , de la vaisselle d'or et d'argent, des meubles en broderie , et des carrosses tout dorés ; mais par malheur cet homme avoit la barbe bleue, cela le rendoit si laid et si terrible , qu'il n'étoit ni femme , ni fille qui ne s'enfuit de devant lui. Une de ses voisines , dame de qualité , avoit deux filles parfaitement belles. Il lui en demanda une en mariage , en lui laissant le choix de celle qu'elle voudroit lui donner. Elles n'en vouloient point toutes deux , et se le renvoyèrent l'une à l'autre , ne pouvant se résoudre à prendre un homme qui eût la barbe bleue. Ce qui les dégoûtoit encore, c'est qu'il avoit déjà épousé plusieurs femmes , et qu'on ne savoit ce que ces femmes étoient devenues. La Barbe bleue, pour faire connoissance , les mena avec leur mère, et trois ou quatre de leurs amies et quelques jeunes gens du voisinage, à une de ses maisons de campagne , où on demeura huit jours entiers. Ce n'étoit que promenades , que parties de chasse et de pêche, que danses et festins, que colations : on ne dormoit point, et on passoit toute la nuit à se faire des malices les uns les autres; enfin tout alla si bien, que la cadette commença à trouver que le maître du logis n'avoit plus la barbe si bleue, et que c'étoit un fort honnête homme. Dès qu'on fut de retour à la ville, le mariage se conclut. Au bout d'un mois, la Barbe bleue dit à sa femme, qu'il étoit obligé de faire un voyage en province, de six semaines au moins, pour une affaire de conséquence, qu'il la prioit de se bien divertir pendant son absence, qu'elle fît venir ses bonnes amies, qu'elle les menât à la campagne si elle vouloit; que par-tout elle fît bonne chère. Voilà, lui dit-il, les clefs de deux grands garde-meubles; voilà celles de la vaisselle d'or et d'argent qui ne sert pas tous les jours; voilà celles de mes coffres-forts, où est mon or et mon argent; celles des cassettes où sont mes pierreries; et voilà le passe-partout de tous les appartemens. Pour cette petite clef-ci, c'est la clef du cabinet au bout de la grande gallerie de l'appartement bas: ouvrez tout, allez par-tout; mais pour ce petit cabinet, je vous défends d'y entrer, et je vous le défends de telle sorte, que s'il vous arrive de l'ouvrir, il n'y a rien que vous ne deviez attendre de ma colère. Elle promit d'observer exactement tout ce qui venoit de lui être ordonné; et lui, après l'avoir embrassée, il monte dans son carrosse et part pour son voyage. Les voisines et les bonnes amies n'attendirent pas qu'on les envoyât querir pour aller chez la jeune mariée, tant elles avoient d'impatience de voir toutes les richesses de sa maison, n'ayant osé y venir pendant que le mari y

Ouvrez tout, allez par-tout ; mais pour ce petit
cabinet , je vous défend d'y entrer.

étoit, à cause de sa barbe bleue qui leur faisoit peur. Les voilà aussitôt à parcourir les chambres, les cabinets, les garderobes, toutes plus belles et plus riches les unes que les autres. Elles montèrent ensuite aux gardes-meubles, où elles ne pouvoient assez admirer le nombre et la beauté des tapisseries, des lits, des sofas, des cabinets, des gueridons, des tables et des miroirs, où l'on se voyoit depuis les pieds jusqu'à la tête, et dont les brodures, les unes de glace, les autres d'argent et de vermeil doré, étoient les plus belles et les plus magnifiques qu'on eût jamais vues. Elles ne cessoient d'exagérer et d'envier le bonheur de leur amie, qui cependant ne se divertissoit point à voir toutes ces richesses, à cause de l'impatience qu'elle avoit d'aller ouvrir le cabinet de l'appartement bas. Elle fut si pressée de sa curiosité, que, sans considérer qu'il étoit malhonnête de quitter sa compagnie, elle descendit par un escalier dérobé, et avec tant de précipitation, qu'elle pensa se rompre le cou deux ou trois fois. Étant arrivée à la porte du cabinet, elle s'y arrêta quelque temps, songeant à la défense que son mari lui avoit faite, et considérant qu'il pourroit lui arriver malheur d'avoir été désobéissante; mais la tentation étoit si forte, qu'elle ne put la surmonter; elle prit donc la petite clef, et ouvrit en tremblant la porte du cabinet. D'abord elle ne vit rien, parce que les fenêtres étoient fermées; après quelques momens, elle commença à voir que le plancher étoit tout couvert de sang caillé, dans lequel se miroient les corps de plusieurs femmes mortes et attachées le long des murs: c'étoient toutes les femmes que la Barbe bleue avoit épousées , et qu'il avoit égorgées l'une après l'autre. Elle pensa mourir de peur, et la clef du cabinet, qu'elle venoit de retirer de la serrure, lui tomba de la main. Après avoir un peu repris ses sens, elle ramassa la clef, referma la porte, et monta à sa chambre pour se remettre un peu ; mais elle n'en pouvoit en venir à bout, tant elle étoit émue. Ayant remarqué que la clef du cabinet étoit tachée de sang, elle l'essuya deux ou trois fois ; mais le sang ne s'en alloit point : elle eut beau la laver, et même la frotter avec du sable et avec du grès, il y demeura toujours du sang ; car la clef étoit fée, et il n'y avoit pas moyen de la nettoyer tout-à-fait : quand on ôtoit le sang d'un côté, il revenoit de l'autre. La Barbe bleue revint de son voyage dès le soir même, et dit qu'il avoit reçu des lettres dans le chemin, qui lui avoient appris que l'affaire pour laquelle il étoit parti, venoit d'être terminée à son avantage. Sa femme fit tout ce qu'elle put pour lui témoigner qu'elle étoit ravie de son prompt retour. Le lendemain il lui redemanda les clefs, et elle les lui donna, mais d'une main si tremblante, qu'il devina sans peine tout ce qui s'étoit passé. D'où vient, lui dit-il, que la clef du cabinet n'est point avec les autres ? Il faut dit-elle, que je l'aie laissée seul là-haut sur ma table. Ne manquez pas, dit la Barbe bleue, de me la donner tantôt. Après plusieurs remises, il fallut apporter la clef. La Barbe bleue l'ayant considérée, dit à sa femme ; Pourquoi y a-t-il du sang sur cette clef ? je n'en sais rien, répondit la pauvre femme, plus pâle que la mort. Vous n'en savez rien, reprit la Barbe bleue ? Je le sais bien, moi.

Vous avez voulu entrer dans le cabinet. Hé bien, madame, vous y entrerez, et irez prendre votre place auprès des dames que vous y avez vues. Elle se jeta aux pieds de son mari, en pleurant et en lui demandant pardon, avec toutes les marques d'un vrai repentir de n'avoir pas été obéissante. Elle auroit attendri un rocher; belle et affligée comme elle étoit; mais la Barbe bleue avoit un cœur plus dur qu'un rocher. Il faut mourir, madame, lui dit-il, et tout-à-l'heure. Puisqu'il faut mourir, répondit-elle, en le regardant les yeux baignés de larmes, donnez-moi un peu de temps pour prier Dieu. Je vous donne un demi quart-d'heure, reprit la Barbe bleue, mais pas un moment davantage. Lorsqu'elle fut seule, elle appella sa sœur, et lui dit: Ma sœur Anne, car elle s'appelloit ainsi, monte je te prie, sur le haut de la tour, pour voir si mes frères ne viennent point: ils m'ont promis qu'ils me viendroient voir aujourd'hui; et si tu les vois, fais-leur signe de se hâter. La sœur Anne monte sur le haut de la tour; et la pauvre affligée lui crioit de temps en temps: *Anne, ma sœur Anne, ne vois-tu rien venir?* Et la sœur Anne lui répondoit: *Je ne vois rien que le soleil qui poudroie, et l'herbe qui verdoie.* Cependant la Barbe bleue, tenant un grand coutelas à sa main, crioit de toute sa force à sa femme: Descends vite, ou je monterai là-haut. Encore un moment, s'il vous plaît, lui répondit sa femme; et aussitôt elle crioit tout bas: *Anne, ma sœur Anne, ne vois-tu rien venir?* Et la sœur Anne répondoit: *Je ne vois rien que le soleil qui poudroie, et l'herbe qui verdoie.* Descends donc vite, crioit la Barbe bleue, ou je mon-

monterai là-haut. Je m'en vais, répondit la femme; et puis elle crioit : *Anne, ma sœur Anne, ne vois-tu rien venir ?* Je vois, répondit la sœur Anne, une grosse poussière qui vient de ce côté-ci.—Sont-ce mes frères ?—Hélas non, ma sœur je vois un troupeau de moutons. Ne veux-tu pas descendre, crioit la Barbe bleue ? Encore un petit moment, répondit la femme; et puis elle crioit : *Anne, ma sœur Anne, ne vois-tu rien venir ?* Je vois, répondit-elle, deux cavaliers qui viennent de ce côté, mais ils sont bien loin encore. Dieu soit loué, s'écria-t-elle un moment après, ce sont mes frères; je leur fais signe tant que je puis de se hâter. La Barbe bleue se mit à crier si fort, que toute la maison en trembla. La pauvre femme descendit, et alla se jeter à ses pieds toute déplorée et toute échevelée. Cela ne sert de rien, dit la Barbe bleue, il faut mourir; puis la prenant d'une main par les cheveux, et de l'autre levant le coutelas en l'air, il alloit lui abattre la tête. La pauvre femme se tournant vers lui, et le regardant avec des yeux mourans, le pria de lui donner un petit moment pour se recueillir. Non, non, dit-il, recommande-toi bien à Dieu; et levant son bras.... Dans ce moment on heurta si fort à la porte, que la Barbe bleue s'arrêta tout court : on ouvrit, et aussitôt on vit entrer deux cavaliers qui, mettant l'épée à la main, coururent droit à la Barbe bleue. Il reconnut que c'étoient les frères de sa femme, l'un dragon, et l'autre mousquetaire, de sorte qu'il s'enfuit aussitôt pour se sauver, mais les deux frères le pour- suivirent de si près, qu'ils l'attrapèrent avant qu'il pût gagner le perron. Ils lui passèrent leur épé au travers du corps , et le laissèrent mort. La pauvre femme étoit presque aussi morte que son mari ; et n'avoit pas la force de se lever pour embrasser ses frères. Il se trouva que la Barbe bleue n'avoit point d'héritiers , et qu'ainsi sa femme demeura maîtresse de tous ses biens. Elle en employa une partie à marier sa sœur Anne avec un jeune gentil-homme, dont elle étoit aimée depuis long-temps : une autre partie à acheter des charges de capitaines à ses deux frères ; et le reste à se marier elle-même à un fort honnête homme, qui lui fit oublier le mauvais temps qu'elle avoit passé avec la Barbe bleue.

MORALITE.

La curiosité , malgré tous ses attraits ,
　Coûte souvent bien des regrets !
On en voit tous les jours mille exemplaires paroître.
C'est , n'en déplaise au sexe, un plaisir bien léger :
　Dès qu'on le prend , il cesse d'être ;
　Et toujours il coûte trop cher.

AUTRE MORALITE.

　Pour peu qu'on ait l'esprit sensé ,
Et que du monde on sache le grimoire ,
　On voit bientôt que cette histoire
　Est un conte du temps passé.
　Il n'est plus d'époux si terrible ,
　Ni qui demande l'impossible :
　Fût-il mal content et jaloux ,
Près de sa femme on le voit filer doux ,
Et de quelque couleur que sa barbe puisse être ,
On a peine à juger qui des deux est le maître :

Analyse sur ce conte.

Un homme fort puissant et fort riche a une physionomie rebutante, et une barbe très-bleue.

Recommande-toi bien à Dieu.

Ses défauts le rendent si laid, qu'il n'y a pas de fille qui puisse se flatter de l'aimer, en s'unissant à lui. De plus, il passe, avec raison, pour très-méchant ; et les premières femmes qu'il a épousées ont disparu sans qu'on sache ce qu'elles sont devenues : cela est cause que toutes les filles à qui on le propose en mariage, refusent d'accepter sa main. Il a beau afficher sa plus grande magnificence et faire parade de ses richesses ; rien ne peut balancer ses défauts. La couleur de sa barbe révolte plus que la grandeur de son château à l'étendue de ses domaines ne peuvent éblouir. Cependant une jeune imprudente, ne consultant que sa vanité, cède à l'éclat dont elle est frappée, et au charme des présens. On peut épouser un homme qui n'est point digne de trouver un cœur, lorsque des soins délicats et de galanteries intéressantes excitent la reconnoissance. Ce sentiment supplée à l'amour quand le cœur est bon, et que la raison est formée. Mais l'hymen n'est qu'un malheur, et qu'une source de repentirs, si la magnificence qui séduit n'intéresse que la vanité. C'est le sort qu'éprouva la jeune indiscrète, et c'est bien là le sujet d'une moralité. Son mari, qui joignoit à la brutalité une sorte de malice, feint d'être obligé de s'éloigner d'elle pour quelques jours, lui laissant l'absolue liberté de s'amuser, ne lui défendant que d'entrer, dans un appartement dont il lui laisse cependant la clef. Elle promet, et ne tient point parole : la curiosité conduit à la désobéissance. Le mari, à son retour, convaincu de la faute qu'elle a commise, veut lui faire subir un châtiment affreux, dont elle éprouve toute l'horreur, et dont elle n'est sauvée que par un secours inespéré. Ce tableau terrible fait une impression profonde sur des enfans, et leur apprend à résister à une curiosité, à respecter leurs engagemens, et à n'en pas prendre légèrement. En même temps, rien n'est plus propre à développer dans un jeune cœur le sentiment de pitié qui doit l'animer un jour en faveur des malheureux, s'il est heureusement formé, que la situation vraiment tragique que cette fiction leur présente.

Nous nous rappelons que ce sujet a été traité au théâtre : il est en effet très-théâtral. Le tableau qu'il renferme, la moralité qui en résulte ne sont pas plus étrangers aux personnes fermes qu'aux enfans. Nous ignorons le nom de l'auteur, et ce qu'est devenue la pièce.

On peut ici s'adresser aux parens et aux instituteurs de la jeunesse, et leur dire : Voulez-vous connoître la trempe de l'ame du tendre objet que vous élevez? Présentez-lui le spectacle du supplice que va éprouver l'imprudente qui a donné lieu à ce conte tragique. Si l'enfant babille, s'il n'est pas effrayé, et si la terreur de la victime ne passe pas dans son cœur, et ne se peint point sur sa physionomie avec les traits de la pitié, c'est du marbre que vous formez.

LA BELLE
AU BOIS DORMANT.

CONTE.

IL y avoit une fois un roi et une reine, qui étoient

si fachés de n'avoir point d'enfans ; si fâchés, qu'on ne sauroit dire. Ils allèrent à toutes les eaux du monde : vœux, pélérinages, tout fut mis en œuvre, et rien n'y faisoit. Enfin, pourtant la reine devint grosse, et accoucha d'une fille. On fit un beau baptême ; on donna pour marraines à la petite princesse, toutes les fées qu'on put trouver dans le pays, (il s'en trouva sept) afin que chacune d'elles lui fassent un don, comme c'étoit la coutume en ce temps-là, la princesse eût par ce moyen toutes les perfections imaginables. Après les cérémonies du baptême, toute la compagnie revint au palais du roi, où il y avoit un grand festin pour les fées. On mit devant chacune d'elles un couvert magnifique, avec un étui d'or massif ; où il y avoi tune cuiller, une fourchette et un couteau de fin or, garni de diamans et de rubis. Mais, comme chacun prenoit sa place à table, on vit entrer une vieille fée qu'on n'avoit point priée, parce qu'il y avoit plus de cinquante ans qu'elle n'étoit sortie d'une tour, et qu'on la croyoit morte, ou enchantée. Le roi lui fit donner un couvert ; mais il n'y eut pas moyen de lui donner un étui d'or massif, comme aux autres, parce que l'on n'en avoit fait faire que sept pour les sept fées. La vieille crut qu'on la méprisoit, et grommela quelques menaces entre ses dents. Une des jeunes fées, qui se trouva auprès d'elle, l'entendit ; et jugeant qu'elle pourroit donner quelque fâcheux don à la petite princesse, alla, dès qu'on fut sorti de table, se cacher derrière la tapisserie, afin de parler la dernière, et de pouvoir réparer, autant qu'il lui seroit possible, le mal que la vieille auroit fait. Cependant les fées commencèrent à

faire leurs dons à la princesse. La plus jeune lui
donna pour don, qu'elle seroit la plus belle personne du monde ; celle d'après, qu'elle auroit de
l'esprit comme un ange ; la troisième , qu'elle
auroit une grace admirable à tout ce qu'elle feroit ;
la quatrième qu'elle danseroit parfaitement bien ;
la cinquième, qu'elle chanteroit comme un rossi-
gnol ; et la sixième, qu'elle joueroit de toutes
sortes d'instrumens dans la dernière perfection. Le
rang de la vieille fée étant venu, elle dit en bran-
lant la tête, avec plus de dépit que de vieillesse,
que la princesse se perceroit la main d'un fuseau,
et qu'elle en mourroit. Ce terrible don fit trémir
toute la compagnie, et il n'y eut personne qui ne
pleurât. Dans ce moment la jeune fée sortit de
derrière la tapisserie, et dit tout haut ces paroles :
Rassurez-vous, roi et reine, votre fille n'en
mourra pas ; il est vrai que je n'ai pas assez de
puissance pour défaire entièrement ce que mon
ancienne a fait : la princesse se percera la main
d'un fuseau ; mais au lieu d'en mourir, elle
tombera seulement dans un profond sommeil qui
durera cent ans, au bout desquels le fils d'un roi
viendra la réveiller. Le roi, pour tacher d'éviter
le malheur annoncé par la vieille, fit publier
aussitôt un édit, par lequel il défendoit à toutes
personnes de filer au fuseau, ni d'avoir des fu-
seaux chez soi, sous peine de la vie. Au bout de
quinze ou seize ans, le roi et la reine étant allés
à une de leurs maisons de plaisance, il arriva que
la jeune princesse courant un jour dans le château,
et montant de chambre en chambre, alla jusqu'au
haut d'un donjon, dans un petit galetas où une
bonne vieille étoit seule à filer sa quenouille.

Cette bonne femme n'avoit point ouï parler des défenses que le roi avoit faites de filer au fuseau.
Que faites-vous-là, ma bonne femme, dit la
princesse? Je file, ma belle enfant, lui répondit
la vieille, qui ne la connoissoit pas. Ha! que cela
est joli! reprit la princesse: comment faites-vous?
donnez-moi que je voie si j'en ferois bien autant.
Elle n'eut pas plutôt pris le fuseau, que comme
elle étoit fort vive, un peu étourdie, et que
d'ailleurs l'arrêt des fées l'ordonnoit ainsi, elle
s'en perça la main, et tomba évanouie. La bonne
vieille, bien embarrassée, crie au secours : on
vient de tous côtés; on jette de l'eau au visage
de la princesse; on la délace; on lui frappe dans
les mains; on lui frotte les tempes avec de l'eau
de la reine de Hongrie : mais rien ne la faisoit
revenir. Alors le roi, qui étoit monté au bruit,
se souvint de la prédiction des fées, et jugeant
bien qu'il falloit que cela arrivât, puisque les
fées l'avoient dit, fit mettre la princesse dans le
plus bel appartement du palais, sur un lit en broderie d'or et d'argent. On l'eût dit un ange, tant
elle étoit belle; car son évanouissement n'avoit pas
ôté les couleurs vives de son teint : ses joues étoient
incarnates, et ses lèvres comme du corail; elle
avoit seulement les yeux fermés, mais on l'entendoit respirer doucement, ce qui faisoit voir
qu'elle n'étoit point morte. Le roi ordonna qu'on
la laissât dormir en repos, jusqu'à ce que son
heure de se réveiller fût venue. La bonne fée qui
lui avoit sauvé la vie, en la condamnant à dormir
cent ans, étoit dans le royaume de Mataquin, à
douze mille lieues de-là, lorsque l'accident arriva
à la princesse; mais elle en fut avertie en un

Elle n'eut pas plutôt pris le fuseau, qu'elle s'en perça la main, et tomba évanouie.

instant par un petit nain, qui avoit des bottes de
sept lieues, (c'étoient des bottes avec lesquelles
on faisoit sept lieues d'une seule enjambée.) La
fée partit aussitôt, et on la vit au bout d'une heure
arriver dans un chariot tout de feu, traîné par des
dragons. Le roi lui alla présenter la main à la
descente du chariot. Elle approuva tout ce qu'il
avoit fait ; mais, comme elle étoit grandement
prévoyante, elle pensa que quand la princesse
viendroit à se réveiller, elle seroit bien embarrassée toute seule dans ce vieux château : voici ce
qu'elle fit. Elle toucha de sa baguette tout ce qui
étoit dans ce château, (hors le roi et la reine)
gouvernantes, filles d'honneur, femmes de chambre, gentils-hommes, officiers, maîtres-d'hôtel,
cuisiniers, marmitons, galopins, gardes, suisses,
pages, valets de pied ; elle toucha aussi tous les
chevaux qui étoient dans les écuries, avec les
palfreniers, les gros mâtins de la bassecour, et la
petite *Pouste*, petite chienne de la princesse, qui
étoit auprès d'elle sur son lit. Dès qu'elle les eut
touchés, ils s'endormirent tous, pour ne se réveiller qu'en même temps que leur maîtresse, afin
d'être tous prêts à la servir quand elle en auroit
besoin. Les broches mêmes qui étoient au feu
toutes pleines de perdrix et de faisans s'endormirent, et le feu aussi. Tout cela se fit en un moment : les fées n'étoient pas longues à leur besogne. Alors le roi et la reine, après avoir baisé
leur chère enfant, sans qu'elle s'éveillât, sorti-
rent du château, et firent publier des défenses à
qui que ce soit d'en approcher. Ces défenses
n'étoient pas nécessaires, car il crût dans un
quart-d'heure tout autour du parc une si grande

quantité de grands arbres et de petits, de ronces et d'épines entrelacées les uns dans les autres, que bête ni homme n'y auroit pu passer : ensorte qu'on ne voyoit plus que le haut des tours du château, encore n'étoit-ce que de bien loin. On ne douta point que la fée n'eût encore fait là un tour de son métier, afin que la princesse, pendant qu'elle dormiroit, n'eût rien à craindre des curieux.

Au bout de cent ans, le fils du roi qui régnoit alors, et qui étoit d'une autre famille que la princesse endormie, étant allé à la chasse de ce côté-là, demanda ce que c'étoit que des tours qu'il voyoit au-dessus d'un grand bois fort épais. Chacun lui répondit selon qu'il en avoit ouï parler : les uns disoient que c'étoit un vieux château où il revenoit des esprits ; les autres, que tous les sorciers de la contrée y faisoient leur sabat. La plus commune opinion étoit qu'un Ogre y demeuroit, et que là il emportoit tous les enfans qu'il pouvoit attraper, pour les pouvoir manger à son aise et sans qu'on le pût suivre, ayant seul le pouvoir de se faire un passage au travers du bois. Le prince ne savoit qu'en croire, lorsqu'un vieux paysan prit la parole, et lui dit : mon prince, il y a plus de cinquante ans que j'ai ouï dire à mon père, qu'il y avoit dans ce château une princesse, la plus belle qu'on eût su voir : qu'elle y devoit dormir cent ans, et qu'elle seroit réveillée par le fils d'un roi, à qui elle étoit réservée. Le jeune prince à ce discours se sentit tout de feu ; il crut sans balancer qu'il mettoit fin à une si belle aventure; et, poussé par l'amour et par la gloire, il résolut de voir sur-le-champ ce qui en étoit. A peine s'avança-t-il vers les bois, que tous ces grands arbres, ces ronces

et ces épines s'écartèrent d'elles-mêmes pour le
laisser passer. Il marche vers le château qu'il
voyoit au bout d'une grande avenue où il entra;
et ce qui le surprit un peu, il vit que personne de
ses gens ne l'avoient pu suivre, parce que les
arbres s'étoient rapprochés dès qu'il avoit été passé.
Il ne laissa pas de continuer son chemin : un prince jeune et amoureux est toujours vaillant. Il entra
dans une grande avant-cour, où tout ce qu'il vit
d'abord étoit capable de le glacer de crainte. C'é-
toit un silence affreux : l'image de la mort s'y
présentoit partout ; ce n'étoient que des corps
étendus d'hommes et d'animaux, qui paroissoient
morts. Il reconnu pourtant bien aux nés bour-
geonnés et à la face vermeille des suisses, qu'ils
n'étoient qu'endormis ; et leurs tasses où il y avoit
encore quelques gouttes de vin, montroient assez
qu'ils s'étoient endormis en buvant. Il passa une
grande cour pavée de marbre : il monte l'escalier,
il entre dans la salle des gardes qui étoient rangés
en haie, la carabine sur l'épaule, et ronflant de
leur mieux. Il traverse plusieurs chambres pleines
de gentils-hommes et de dames, dormant tous,
les uns debout, les autres assis. Il entre dans une
chambre toute dorée ; et il vit sur un lit, dont
les rideaux étoient ouverts des deux côtés, le plus
beau spectacle qu'il eût jamais vu : une princesse
qui paroissoit avoir quinze ou seize ans, et dont
l'éclat resplendissant avoit quelque chose de lu-
mineux et de divin. Il s'approcha en tremblant et
en admirant, et se mit à genoux auprès d'elle.
Alors, comme la fin de l'enchantement étoit venue, la princesse s'éveilla ; et, le regardant avec
des yeux plus tendres qu'une première vue ne

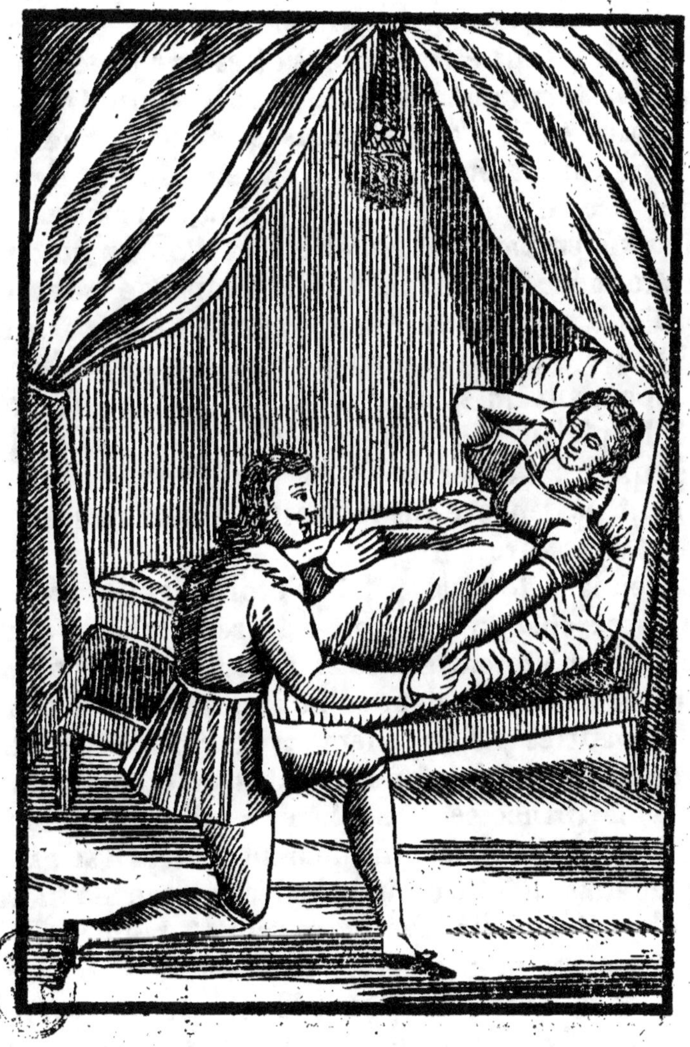

Il s'approcha en admirant et en tremblant, et se
mit à genoux auprès d'elle.

sembloit le permettre : Est-ce vous, mon prince, lui dit-elle, vous vous êtes bien fait attendre. Le prince, charmé de ces paroles, et plus encore de la manière dont elles étoient dites, ne savoit comment lui témoigner sa joie et sa reconnoissance ; il l'assura qu'il l'aimoit plus que lui-même. Ses discours furent mal rangés ; ils en plurent davantage : peu d'éloquence, beaucoup d'amour. Il étoit plus embarrassé qu'elle, et l'on ne doit pas s'en étonner ; elle avoit eu le temps de songer à ce qu'elle auroit à lui dire ; car il y a apparence, (l'histoire n'en dit pourtant rien) que la bonne fée, pendant un si long sommeil, lui avoit procuré le plaisir des songes agréables. Enfin il y avoit quatre heures qu'ils se parloient, et ils ne s'étoient pas encore dit la moitié des choses qu'ils avoient à se dire.

Cependant tout le palais s'étoit réveillé avec la princesse : chacun songeoit à faire sa charge ; et, comme ils n'étoient pas tous amoureux, ils mouroient de faim. La dame d'honneur, pressé comme les autres, s'impatienta, et dit tout haut à la princesse que la viande étoit servie. Le prince aida à la princesse à se lever : elle étoit toute habillée, et fort magnifiquement ; mais il se garda bien de dire qu'elle étoit habillée comme ma mère-grand', et qu'elle avoit un collet monté : elle n'en étoit pas moins belle. Ils passèrent dans un sallon de miroirs, et y soupèrent, servis par les officiers de la princesse. Les violons et les hautbois jouèrent de vieilles pièces, mais excellentes ; quoiqu'il y eût près de cent ans qu'on ne les jouât plus ; et après soupé, sans perdre de temps, le grand aumônier les maria dans la chapelle du château, et la dame d'honneur leur tira le rideau. Ils dormirent peu : la princesse n'en avoit pas grand besoin ; et le prince la quitta dès le matin pour retourner à la ville, où son père devoit être en peine de lui. Le prince lui dit, qu'en chassant il s'étoit perdu dans la forêt, et qu'il avoit couché dans la huche d'un charbonnier ; qui lui avoit fait manger du pain noir et du fromage. Le roi son père, qui étoit bon homme, le crut ; mais sa mère n'en fut pas bien persuadée ; et voyant qu'il alloit presque tous les jours à la chasse, et qu'il avoit toujours une raison en main pour s'excuser, quand il avoit couché deux ou trois nuits dehors, elle ne douta plus qu'il n'eût quelque amourette ; car il vécut avec la princesse plus de deux ans entiers, et en eut deux enfans, dont le premier, qui fut une fille, fut nommée l'*Aurore*, et le second un fils, qu'on nomma le *Jour*, parce qu'il paroissoit encore plus beau que sa sœur. La reine dit plusieurs fois à son fils, pour le faire expliquer, qu'il falloit se contenter dans la vie ; mais il n'osa jamais se fier à elle de son secret : il la craignoit, quoiqu'il l'aimat ; car elle étoit de race ogresse, et le roi ne l'avoit épousée qu'à cause de ses grands biens. On disoit même tout bas à la cour qu'elle avoit les inclinations des ogres, et qu'en voyant passer de petits enfans, elle avoit toutes les peines du monde à se retenir de se jeter sur eux : ainsi le prince ne voulut jamais rien dire. Mais quand le roi fut mort, ce qui arriva au bout de deux ans, et qu'il se vit le maître, il déclara publiquement son mariage, et ella en grande cérémonie querir la reine sa femme dans son château. On lui fit une entrée magnifique dans

la ville capitale, où elle entra au milieu de ses
deux enfans. Quelque temps après, le roi alla
faire la guerre à l'empareur Cantalabutte, son
voisin. Il laissa la régence du royaume à la reine
sa mère, et lui recommanda fort sa femme et ses
enfans. Il devoit être à la guerre tout l'été; et dès
qu'il fut parti, la reine-mère envoya sa bru et ses
enfans à une maison de campagne dans les bois
pour pouvoir plus aisément assouvir son horrible
envie. Elle y alla quelques jours après, et dit
un soir à son maître-d'hôtel : Je veux manger
demain à mon dîner la petite Aurore. Ah! madame, dit le maître-d'hôtel. Je le veux, dit la reine,
(et elle le dit d'un ton d'ogresse qui a envie de
manger de la chair fraîche,) et je la veux manger
à la sauce robert. Ce pauvre homme voyant bien
qu'il ne falloit pas se jouer à une ogresse, prit
son grand couteau, et monta à la chambre de la
petite Aurore; elle avoit pour lors quatre ans,
et vint en sautant et en riant se jeter à son cou,
et lui demander du bonbon. Il se mit à pleurer :
le couteau lui tomba des mains; et il alla dans la
basse-cour couper la gorge à un petit agneau, et
lui fit une si bonne sauce, que sa maîtresse l'assura
qu'elle n'avoit jamais rien mangé de si bon. Il
avoit emporté en même temps la petite Aurore,
et l'avoit donnée à sa femme, pour la cacher dans
le logemeut qu'elle avoit au fond de la basse-cour.
Huit jours après, la méchaute reine dit à son
maître-d'hôtel : Je veux manger à mon soupé le
petit Jour. Il ne repliqua pas, résolu de la
tromper comme l'autre fois. Il alla chercher le
petit Jour, et le trouva avec un petit fleuret à la
main, dont il faisoit des armes avec un gros
                                        singe :

singe : il n'avoit pourtant que trois ans. Il le porta à sa femme, qui le cacha avec la petite Aurore, et donna, à la place du petit Jour, un petit chevreau fort tendre, que l'Ogresse trouva admirablement bon.

Cela étoit fort bien allé jusques-là ; mais un soir cette méchante reine dit au maître-d'hôtel : Je veux manger la reine à la même sauce que ses enfans. Ce fut alors que le pauvre maître-d'hôtel désespéra de la pouvoir encore tromper. La jeune reine avoit vingt ans passés, sans compter les cent ans qu'elle avoit dormi ; sa peau étoit un peu dure, quoique belle et blanche, et le moyen de trouver dans la ménagerie une bête aussi dure que cela ! Il prit la résolution, pour sauver sa vie, de couper la gorge à la reine, et monta dans sa chambre, dans l'intention de n'en pas faire à deux fois. Il s'excitoit à la fureur, et entra le poignard à la main dans la chambre de la jeune reine ; il ne voulut point la surprendre, et il lui dit avec beaucoup de respect l'ordre qu'il avoit reçu de la reine-mère. Faites, faites, lui dit-il, en lui tendant le cou ; exécutez l'ordre qu'on vous a donné ; j'irai revoir mes enfans, mes pauvres enfans que j'ai tant aimés ; elle les croyoit morts depuis qu'on les avoit enlevés sans lui rien dire. Non, non, madame, lui répondit le pauvre maître-d'hôtel tout attendri, vous ne mourrez point, et vous ne laisserez pas d'aller revoir vos enfans ; mais ce sera chez moi où je les ai cachés, et je tromperai encore la reine, en lui faisant manger une jeune biche en votre place. Il la mena aussitôt à sa chambre, où, la laissant embrasser ses enfans et pleurer avec eux, il alla accommoder

une biche, que la reine mangea à son soupé, avec
le même appétit que si c'eût été la jeune reine.
Elle étoit bien contente de sa cruauté; et elle se
préparoit à dire au roi, à son retour, que les
loups enragés avoient mangé la reine sa femme et
ses deux enfans.

`Un soir qu'elle rodoit à son ordinaire dans les
cours et basse-cours du château, pour y halener
quelque viande fraîche, elle entendit dans une
salle basse le petit Jour qui pleuroit, parce que
la reine sa mère le vouloit faire fouetter, à cause
qu'il avoit été méchant; et entendit aussi la petite
Aurore qui demandoit pardon pour son frère.
L'ogresse reconnut la voix de la reine et de ses
enfans; et furieuse d'avoir été trompée, elle
commanda dès le lendemain au matin, avec une
voix épouvantable qui faisoit trembler tout le
monde, qu'on apportât au milieu de la cour une
grande cuve, qu'elle fit remplir de crapauds, de
vipères, de couleuvres et de serpens, pour y faire
jeter la reine et ses enfans, le maître-d'hôtel, sa
femme et sa servante; elle avoit donné ordre de
les amener les mains liées derrière le dos. Ils
étoient là, et les bourreaux se préparoient à les
jeter dans la cuve, lorsque le roi, qu'on n'attendoit pas sitôt, entra dans la cour à cheval; il
étoit venu en poste, et demanda tout étonné ce
que vouloit dire cet horrible spectacle. Personne
n'osoit l'en instruire; quand l'ogresse, enragée
de voir ce qu'elle voyoit, se jeta elle-même la
tête la première dans la cuve, et fut dévorée en
un instant par les vilaines bêtes qu'elle y avoit fait
mettre. Le roi ne laissa pas d'en être fâché, elle
étoit sa mère; mais il s'en consola bientôt avec
sa belle femme et ses enfans.

MORALITÉ.

Attendre quelque temps pour avoir un épous
Riche, bien fait, galant et doux,
La chose est assez naturelle :
Mais l'attendre cent ans, et toujours en dormant.
On ne trouve plus de femelle
Que dormît si tranquillement.
La Fable semble encore vouloir nous faire entendre,
Que souvent de l'hymen les agréables nœuds,
Pour être différés, n'en sont pas moins heureux,
Et qu'on ne perd rien pour attendre ;
Mais le sexe, avec tant d'ardeur
Aspire à la loi conjugale,
Que je n'ai pas la force, ni le cœur,
De lui prêcher cette morale.

Analyse sur ce conte.

Ce conte se divise naturellement en deux parties. Dans la première, l'Auteur semble n'avoir voulu offrir qu'un grand tableau à l'imagination des enfans. Dans la seconde, il a voulu, sans doute, leur faire sentir les charmes de la bienfaisance en donnant un zèle toujours renaissant au maître-d'hôtel de la reine, en faveur des objets infortunés qu'elle veut tous les jours immoler à son appétit barbare.

Nous pourrions citer au moins trois tragédies bien applaudies au théâtre François, dont les auteurs ont profité de la pieuse infidélité du maître-d'hôtel, et de quelques autres circonstances de ce conte, qui, par ce moyen, fait pleurer les grands enfans comme les petits.

Le sommeil d'Epiménide a pu donner à Perrault l'idée de cette fiction.

LE MAITRE CHAT
OU
LE CHAT BOTTÉ.

CONTE.

Un meûnier ne laissa pour tous biens, à trois enfans qu'il avoit, que son moulin, son âne et son chat. Les partages furent bientôt faits; ni le notaire, ni le procureur n'y furent point appelés; ils auroient eu bientôt mangé tout le pauvre patrimoine. L'aîné eut le moulin, le second eut l'âne, et le plus jeune n'eut que le chat. Ce dernier ne pouvóit se consoler d'avoir un si pauvre lot : Mes frères, disoit-il, pourront gagner leur vie honnêtement, en se mettant ensemble ; pour moi, lorsque j'aurai mangé mon chat, et que je me serai fait un manchon de sa peau, il faudra que je meure de faim. Le chat qui entendoit ce discours, mais qui n'en fit pas semblant, lui dit d'un air posé et sérieux. Ne vous affligé point, mon maître ; vous n'avez qu'à me donner un sac, et me faire faire une paire de bottes pour aller dans les broussailles, et vous verrez que vous n'êtes pas si mal partagé que vous croyez. Quoique le maître du chat ne fît pas grand fond là-dessus, il lui avoit vu faire tant de tours de souplesse pour prendre des rats et des souris, comme quand il se pendoit par les pieds, ou qu'il se cachoit dans la farine pour faire le mort, qu'il ne désespéra pas d'en être secouru dans sa misère. Lorsque le

chat eut ce qu'il avoit demandé, il se botta bra-
vement, et mettant son sac à son cou, il en prit
les cordons avec ses deux pattes de devant, et s'en
alla dans une garenne où il y avoit grand nombre
de lapins. Il mit du son et des lacerons dans son
sac, et, s'étendant comme s'il eût été mort, il
attendit que quelque jeune lapin, peu instruit
encore des ruses de ce monde, vint se fourrer dans
son sac, pour manger ce qu'il y avoit mis. A
peine fut-il couché, qu'il eut contentement : un
jeune étourdi de lapin entra dans son sac; et le
maître chat, tirant aussitôt les cordons, le prit,
et le tua sans miséricorde. Tout glorieux de sa
proie, il s'en alla chez le roi, et demanda à lui
parler. On le fit monter à l'appartement de sa
majesté, où étant entré, il fit une grande révérence au roi, et lui dit : Voilà, sire, un lapin
de garenne que M. le marquis de Carabas, (c'é-
toit le nom qu'il lui prit en gré de donner à son
maître,) m'a chargé de vous présenter de sa part.
Dis à ton maître, répondit le roi, que je le re-
mercie, et qu'il me fait plaisir. Un autre fois il
alla se cacher dans un bled, tenant toujours son
sac ouvert ; et lorsque deux perdrix y furent
entrées, il tira les cordons, et les prit toutes
deux. Il alla ensuite les présenter au roi, comme
il avoit fait le lapin de garenne. Le roi reçut
encore avec plaisir les deux perdrix, et lui fit
donner pour boire. Le chat continua ainsi pendant deux ou trois mois, de porter de temps en
temps au roi du gibier de la chasse de son maître.
Un jour qu'il sut que le roi devoit aller à la promenade sur le bord de la rivière, avec sa fille,
la plus belle princesse du monde, il dit à son

maître, si vous voulez suivre mon conseil, votre fortune est faite; vous n'avez qu'à vous baigner dans la rivière, à l'endroit que je vous montrerai, et ensuite me laisser faire. Le marquis de Carabas fit ce que son chat lui conseilloit, sans savoir à quoi cela seroit bon. Dans le temps qu'il se baignoit, le roi vint à passer, et le chat se mit à crier de toute sa force : Au secours ! au secours ! M. le marquis de Carabas qui se noie. A ce cri le roi mit la tête à la portière, et, reconnoissant le chat qui lui avoit apporté tant de fois du gibier, il ordonna à ses gardes qu'on allât vite au secours de M. le marquis de Carabas. Pendant qu'on retiroit le pauvre marquis de la rivière, le chat, s'approchant du Carosse, dit au roi que dans le temps que son maître se baignoit, il étoit venu des voleurs qui avoient emporté ses habits, quoi-qu'il eût crié au voleur de toute sa force; le drôle les avoit cachés sous une grosse pierre. Le roi ordonna aux officiers de sa garde-robe d'aller quérir un de ses plus beaux habits pour M. le marquis de Carabas. Le roi lui fit mille caresse; et, comme les beaux habits qu'on venoit de lui donner relevoient sa bonne mine, (car il étoit beau et bien fait de sa personne), la fille du roi le trouva fort à son gré ; et le marquis de Carabas ne lui eut pas plutôt jeté deux ou trois regards respectueux et un peu tendres, qu'elle en devint amoureuse à la folie. Le roi voulut qu'il montât dans son carosse, et qu'il fût de la promenade. Le chat, ravi de voir que son dessein commençoit à réussir, prit les devans et ayant rencontré des paysans qui fauchoient un pré, il leur dit : *Bonnes gens qui fauchez, si vous ne dites au roi*

Bonnes gens qui moissonnez, si vous ne dites que tous ces bleds appartiennent à M. le marquis de Carabas, vous serez tous hâchés menu comme chair à pâté.

que le pré que vous fauchez appartient à M . le
marquis de Carabas , vous serez tous hâchés
menu comme chair à pâté. Le roi ne manqua pas
à demander aux faucheurs , à qui étoit ce pré
qu'ils fauchoient ? C'est à M. le marquis de Carabas, dirent-ils tous ensemble ; car la menace du
chat leur avoit fait peur. Vous avez là un bel
héritage, dit le roi au marquis de Carabas. Vous
voyez, sire, répondit le marquis ; c'est un pré
qui ne manque point de rapporter abondamment
toutes les années. Le maître chat qui alloit toujours devant, rencontra des moissonneurs, et leur
dit : *Bonnes gens qui moissonnez, si vous ne
dites que tous ces bleds appartiennent à M. le
marquis de Carabas, vous serez tous hâchés
menu comme chair à pâté.* Le roi qui passa un
moment après, voulut savoir à qui appartenoient
tous les bleds qu'il voyoit ? C'est à M. le marquis
de Carabas, répondirent les moissonneurs, et le
roi s'en réjouit encore avec le marquis. Le chat,
qui alloit devant le carosse, disoit toujours la
même chose à tous ceux qu'il rencontroit, et le
roi étoit étonné des grands biens de M. le marquis
de Carabas. Le maître chat arriva enfin dans un
beau château, dont le maître étoit un ogre, le
plus riche qu'on ait jamais vu ; car toutes les terres
par où le roi avoit passé étoient de la dépendance
de ce château. Le chat eut soin de s'informer qui
étoit cet ogre, et ce qu'il savoit faire, et demanda
à lui parler, disant qu'il n'avoit pas voulu passer
si près de son château, sans avoir l'honneur de
lui faire la révérence. L'ogre le reçut aussi civi-
lement que le peut un ogre, et le fit reposer. On
m'a assuré, dit le chat, que vous aviez le don de

vous changer en toutes sortes d'animaux ; que vous
pouviez, par exemple, vous transformer en lion,
en éléphant ? Cela est vrai, répondit l'ogre brusquement, et pour vous le montrer, vous m'allez
voir devenir lion. Le chat fut si effrayé de voir
un lion devant lui, qu'il gagna aussitôt les gou-
tières, non sans peine et sans péril, à cause de
ses bottes qui ne valoient rien pour marcher sur
les tuiles. Quelque temps après, le chat ayant
vu que l'ogre avoit quitté sa première forme,
descendit, et avoua qu'il avoit eu bien peur. On
m'a assuré encore, dit le chat, mais je ne saurois
le croire, que vous aviez aussi le pouvoir de
prendre la forme des plus petits animaux ; par
exemple, de vous changer en un rat, en une
souris. Je vous avoue que je tiens cela tout-à-fait
impossible. Impossible, reprit l'ogre ? vous allez
voir ; et en même temps il se changea en une souris, qui se mit à courir sur le plancher. Le chat
ne l'eut pas plutôt apperçue, qu'il se jeta dessus
et la mangea. Cependant le roi, qui vit en passant
le beau château de l'ogre, voulut entrer dedans.
Le chat, qui entendit le bruit du carosse qui passoit sur le pont-levis, courut au devant, et dit
au roi : Votre majesté soit la bien venue dans le
château de M. le marquis de Carabas. Comment,
M. le marquis, s'écria le roi, ce château est
encore à vous ? Il ne se peut rien de plus beau
que cette cour, et que tous ces bâtimens qui l'en-
vironnent ; voyons-les dedans, s'il vous plaît. Le
marquis donna la main à la jeune princesse, et,
suivant le roi, qui montoit le premier, ils en-
trèrent dans une grande salle où ils trouvèrent
une magnifique collation, que l'ogre avoit fait

préparer pour ses amis qui le devoient venir voir ce même jour-là, mais qui n'avoient pas osé entrer, sachant que le roi y étoit. Le roi, charmé des bonnes qualités de M. le marquis de Carabas, de même que sa fille qui en étoit folle, et voyant les grands biens qu'il possédoit, lui dit, après avoir bu cinq ou six coups : Il ne tiendra qu'à vous, M. le marquis, que vous ne soyez mon gendre. Le marquis, faisant de grandes révérences, accepta l'honneur que lui faisoit le roi; et dès le même jour il épousa la princesse. Le chat devint grand seigneur, et ne courut plus après les souris que pour se divertir.

MORALITÉ

QUELQUE grand que soit l'avantage
De jouir d'un riche héritage.
Venant à nous de père en fils ;
Aux jeunes gens, pour l'ordinaire,
L'industrie et le savoir-faire
Valent mieux que des biens acquis.

AUTRE MORALITE.

Si le fils d'un meûnier, avec tant de vitesse
   Gagne le cœur d'une Princesse,
Et s'en fait regarder avec des yeux mourans;
C'est que l'habit, la mine et la jeunesse,
   Pour inspirer de la tendresse,
Ne sont pas des moyens toujours indifférens.

Analyse sur ce conte.

L'industrie et le savoir-faire.
Valent mieux que des biens acquis.

C'est l'esprit de ce conte, dont le but, plus philosophique que moral, est d'apprendre à la jeunesse que l'étude, le travail, les talens sont l'équivalent de la fortune, quand on sait mettre à profit les avantages qui en résultent. Il ne suffit pas de savoir, il faut agir. L'inaction et l'indifférence sont imbécillité, lorsqu'on est né avec des dispositions, ou que l'on a acquis des talens qui peuvent réparer les rigueurs de la destinée. Le génie ne connoîtroit jamais la pauvreté, si la paresse ou l'étourderie n'étoit souvent le partage des esprits les plus propres à s'avancer heureusement dans le monde, par les dons naturels ou acquis. Des maximes disent les mêmes choses à l'esprit : mais un tableau parle aux sens ; et les jeunes gens ont besoin, pour ainsi dire, de voir, pour penser et pour réfléchir. Ce conte, qui est tout en action, doit produire l'effet que l'auteur s'en est promis.

CENDRILLON,
OU LA PETITE
PANTOUFLE DE VERRE

CONTE.

IL étoit une fois un gentil-homme, qui épousa en secondes noces une femme, la plus hautaine et la plus fière qu'on eût jamais vue. Elle avoit deux filles de son humeur, et qui lui ressembloient en toutes choses. Le mari avoit de son côté une jeune fille, mais d'une douceur et d'une bonté sans exemple : elle tenoit cela de sa mère, qui étoit la meilleure personne du monde. Les noces ne furent pas plutôt faites, que la belle-mère fit éclater sa mauvaise humeur ; elle ne put souffrir les bonnes qualités de cette jeune enfant, qui rendoient ses filles encore plus haïssables. Elle la chargea des plus viles occupations de la maison : c'étoit elle qui nettoyoit la vaisselle et les montées, qui frottoit la chambre de madame, et celles de mesdemoiselles ses filles ; elle couchoit tout au haut de la maison dans un grenier, sur une méchante paillasse, pendant que ses sœurs étoient dans des chambres parquetées, où elles avoient des lits des plus à la mode, et des miroirs où elles se voyoient depuis les pieds jusques à la tête. La pauvre fille souffroit tout avec patience, et n'osoit se plaindre à son père qui l'auroit grondée, parce que sa femme le gouvernoit entièrement. Lorsqu'elle avoit fait son ouvrage, elle s'alloit mettre au coin de la cheminée, et s'asseoir dans les cendres ; ce qui faisoit qu'on l'appeloit communément dans le logis *Cucendron* ; la cadette qui n'étoit pas si malhonnête que son aînée, l'appelloit *Cendrillon*. Cependant Cendrillon, avec ses méchans habits, ne laissoit pas d'être cent fois plus belles que ses sœurs, quoique vêtues très-magnifiquement.

Il arriva que le fils du roi donna un bal, et qu'il en pria toutes les personnes de qualité : nos deux demoiselles en furent aussi priées ; car elles faisoient grande figure dans le pays. Les voilà bienaises, et bien occupées à choisir les habits et les coiffures qui leurs siéroient le mieux. Nouvelle peine pour Cendrillon ; car c'étoit elle qui repassoit le linge de ses sœurs, et qui godronnoit leurs manchettes. On ne parloit que de la manière dont on s'habilleroit. Moi, dit l'aînée, je mettrai mon habit de velours rouge, et ma garniture d'Angleterre. Moi, dit la cadette, je n'aurai que ma jupe ordinaire, mais en récompense je mettrai mon manteau à fleurs d'or, et ma barrière de diamans, qui n'est pas des plus indifférentes. On envoya quérir la bonne coiffeuse, pour dresser les cornettes à deux rangs, et on fit acheter des mouches de la bonne faiseuse. Elles appellèrent Cendrillon pour lui demander son avis ; car elle avoit le goût bon. Cendrillon les conseilla le mieux du monde, et s'offrit même à les coiffer, ce qu'elles voulurent bien. En les coiffant, elles lui disoient : Cendrillon, serois-tu bien-aise d'aller au bal ? Hélas, mesdemoiselles, vous vous mocquez de moi : ce n'est pas-là ce qu'il me faut. Tu as raison ; on riroit bien si on voyoit un Cucendron aller au bal. Une autre que Cendrillon les auroit coiffées de travers, mais elle étoit bonne, et elle les coiffa parfaitement bien. Elles furent près de deux jours sans manger, tant elles étoient transportées de joie ; on rompit plus de douze lacets à force de les serrer pour leur rendre la taille plus menue, et elles étoient toujours devant leur miroir. Enfin l'heureux jour arriva : on partit ; et Cendrillon les suivit des yeux le plus long-temps qu'elle put ; lorsqu'elle ne les vit plus, elle se mit à pleurer. Sa marraine qui la vit toute en pleurs, lui demanda ce qu'elle avoit. Je voudrois bien.... Je voudrois bien.... Elle pleuroit si fort, qu'elle ne put achever. Sa marraine, qui étoit fée, lui dit : Tu voudrois bien aller au bal, n'est-ce pas ? Hélas oui, dit Cendrillon en soupirant. Hé bien ! seras-tu bonne fille, dit sa marraine ! je t'y ferai aller ? Elle la mena dans sa chambre, et lui dit : Va dans le jardin, et apporte-moi une citrouille. Cendrillon alla aussitôt cueillir la plus belle qu'elle put trouver et la porta à sa marraine, ne pouvant deviner comment cette citrouille la pourroit faire aller au bal. Sa marraine la creusa, et n'ayant laissé que l'écorce, la frappa de sa baguette, et la citrouille fut aussitôt changée en un beau carosse tout doré. Ensuite elle alla regarder dans sa souricière, où elle trouva six souris toutes en vie. Elle dit à Cendrillon de lever un peu la trappe de la souricière, et à chaque souris qui sortoit, elle lui donnoit un coup de sa baguette, et la souris étoit aussitôt changée en un beau cheval, ce qui fit un bel attelage de six chevaux, d'un beau gris de souris pommelé. Comme elle étoit en peine de quoi elle feroit un cocher. Je vais voir, dit Cendrillon, s'il n'y a point quelque rat dans la ratière, nous en ferons un cocher. Tu as raison, dit sa marraine : va voir. Cendrillon lui apporta la ratière, où il y avoit trois gros rats. La fée en prit un d'entre les trois, à cause de sa maîtresse barbe; et l'ayant touché, il fut changé en un gros cocher, qui avoit une des plus belles moustaches qu'on ait jamais vues. Ensuite elle lui dit : Va dans le jardin, tu y trouveras six lézards derrière l'arrosoir, apporte-les moi. Elle ne les eut pas plutôt apportés, que la marraine les changea en six laquais, qui montèrent aussitôt derrière le carrosse avec leurs habits chamarrés et qui s'y tenoient attachés, comme s'ils n'eussent fait autre chose toute leur vie. La fée dit alors à Cendrillon : Hé bien, voilà de quoi aller au bal; n'es-tu pas bien-aise? Oui; mais est-ce que j'irai comme cela avec mes vilains habits? Sa marraine ne fit que la toucher avec sa baguette, et en même temps ses habits furent changés en des habits de drap d'or et d'argent tout chamarrés de pierreries : elle lui donna ensuite une paire de pantoufles de verres, les plus jolies du monde. Quand elle fut ainsi parée, elle monta en carrosse ; mais sa marraine lui recommanda sur toutes choses de ne pas passer minuit, l'avertissant 'que si elle demeuroit au bal un moment davantage, son carrosse redeviendroit citrouille, ses chevaux des souris, ses laquais des lézards, et que ses vieux habits reprendroient leur première forme. Elle promit à sa marraine qu'elle ne manqueroit pas de sortir du bal avant minuit. Elle part, ne se sentant point de joie. Le fils du roi, qu'on alla avertir qu'il venoit d'arriver une grande princesse qu'on ne connoissoit point, courut la recevoir, il lui donna la main à la descente du carrosse, et la mena dans la salle où étoit la compagnie. Il se fit alors un grand silence ; on cessa de danser, et les violons ne jouèrent plus, tant on étoit attentif à contempler les grandes beautés de cette inconnue ; on n'entendoit qu'un bruit confus : ha, qu'elle est belle ! Le roi même, tout vieux qu'il étoit, ne laissoit pas de la regarder, et de dire tout bas à la reine, qu'il y avoit long-temps qu'il n'avoit vu une si belle et si aimable personne. Toutes les dames étoient attentives à considérer sa coiffure et ses habits, pour en avoir dès le lendemain de semblables, pouvu qu'il se trouvât des étoffes assez belles et des ouvriers assez habiles. Le fils du roi la mit à la place la plus honorable, et ensuite la prit pour la mener danser : elle dansa avec tant de grâce, qu'on l'admira encore davantage. On apporta une belle collation, dont le jeune prince ne mangea point, tant il étoit occupé à la considérer. Elle alla s'asséoir auprès de ses sœurs, et leur fit mille honnêtetés ; elle leur fit part des oranges et des citrons que le prince lui avoit donnés, ce qui les étonna si fort ; car elles ne la connoissoient point. Lorsqu'elles causoient ainsi, Cendrillon entendit sonner onze heures trois quarts, elle fit aussitôt une grande révérence à la compagnie, et s'en alla la plus vite qu'elle put. Dès qu'elle fut arrivée, elle alla trouver sa marraine, et, après l'avoir remerciée, elle lui dit qu'elle souhaitoit bien aller encore le lendemain au bal, parce que le fils du roi l'en avoit priée. Comme elle étoit occupée à raconter à sa marraine tout ce qui s'étoit passé au bal, les deux sœurs heurtèrent à la porte : Cendrillon leur alla ouvrir. Que vous êtes long-temps à revenir, leur dit-elle, en bâillant, en se frottant les yeux, et en s'étendant comme si elle n'eût fait que de se réveiller ! Elle n'avoit cependant pas eu envie de dormir, depuis qu'elles s'étoient quittées. Si tu étois venue au bal, lui dit une de ses sœurs, tu ne t'y serois pas ennuyée : il y est venu la plus belle princesse, la plus belle qu'on puisse jamais voir, elle nous a fait mille civilités ; elle nous a donné des oranges et des citrons. Cendrillon ne se sentoit pas de joie : et leur demanda le nom de cette princesse ; mais elles lui répondirent qu'on ne la connoissoit pas, que le fils du roi en étoit fort en peine, et qu'il donneroit toutes choses au monde pour savoir qui elle étoit. Cendrillon sourit, et leur dit : Elle étoit donc bien belle ? Mon Dieu, que vous êtes heureuse ! Ne pourrois-je point la voir ? Hélas ! mademoiselle Javotte, prêtez-moi votre habit jaune que vous mettez tous les jours. Vraiment

Cendrillon s'enfuyant du bal.

dit mademoiselle Javotte , je suis de cet avis '
prêter mon habit à un vilain Cucendron comme
cela! il faudroit que je fusse bien folle. Cendrillon s'attendoit bien à ce refus , et elle en fut bien
aise; car elle auroit été grandement embarrassée si sa
sœur eût bien voulu lui prêter son habit. Le lendemain les deux sœurs furent au bal , et Cendrillon
aussi, mais encore plus parée que la première fois.
Le fils du roi fut toujours auprès d'elle , et ne
cessa de lui conter des douceurs. La jeune demoiselle ne s'ennuyoit point , et oublia ce que sa
marraine lui avoit recommandé; de sorte qu'elle
entendit sonner le premier coup de minuit , lorsqu'elle ne croyoit pas qu'il fût encore onze heures;
elle se leva , et s'en fuit aussi légérement qu'auroit fait une biche. Le prince la suivit , mais il
ne put l'attraper ; elle laissa tomber une de ses
pantoufles de verre , que le prince ramassa bien
soigneusement. Cendrillon arriva chez elle bien
essoufflée , saus carrosse , sans laquais et avec ses
méchans habits , rien ne lui étant resté de toute sa
magnificence , qu'une de ses petites pantoufles , la
pareille de celle qu'elle avoit laissé tomber. Ou
demanda aux gardes de la porte du palais , s'ils
n'avoient point vu sortir une princesse ; ils dirent
qu'ils n'avoient vu sortir personne , qu'une fille
fort mal vêtue , et qui avoit plus l'air d'une
paysanne , que d'une demoiselle. Quand les deux
sœurs revinrent du bal , Cendrillon leur demanda
si elles s'étoient encore bien diverties , et si la
belle dame y avoit été ; elles lui dirent que oui ,
mais qu'elle s'étoit enfuie lorsque minnit avoit
sonné , et si promptement , qu'elle avoit laissé
tomber une de ses pantoufles de verre , la plus

Cendrillon essayant la pantoufle de verre.

jolie du monde, que le fils du roi l'avoit ramassée, qu'il n'avoit fait que la regarder tout le reste du bal, et qu'assurément il étoit fort amoureux de la belle personne à qui appartenoit la petite pantoufle. Elles dirent vrai, car peu de jours après, le fils du roi fit publier à son de trompe qu'il épouseroit celle dont le pied seroit bien juste à la pantoufle. On commença à l'essayer aux princesses, ensuite aux duchesses, et à toute la cour; mais inutilement. On la porta chez les deux sœurs, qui firent tout leur possible pour faire entrer leur pied dans la pantoufle; mais elles ne purent en venir à bout. Cendrillon, qui les regardoit, et qui reconnut sa pantoufle, dit en riant, que je voie si elle ne me serait pas bonne. Ses sœurs se mirent à rire et à se mocquer d'elle. Le gentil-homme qui faisoit l'essai de la pantoufle, ayant regardé attentivement Cendrillon, et la trouvant fort belle, dit que cela étoit très-juste, et qu'il avoit ordre de l'essayer à toutes les filles. Il fit asseoir Cendrillon, et approchant la pantoufle de son petit pied, il vit qu'elle y entroit sans peine, et qu'elle y étoit juste comme de cire. L'étonnement des deux sœurs fut grand, mais plus grand encore, quand Cendrillon tira de sa poche l'autre petite pantoufle qu'elle mit à son pied. Là-dessus arriva la marraine, qui, ayant donné un coup de sa baguette sur les habits de Cendrillon, les fit encore plus magnifiques que tous les autres.

Alors ses deux sœurs la reconnurent pour la belle personne qu'elles avoient vue au bal. Elles se jetèrent à ses pieds, pour lui demander pardon de tous les mauvais traitemens qu'elles lui avoient fait souffrir. Cendrillon les releva, et leur dit, en les embrassant, qu'elle leur pardonnoit de bon cœur, et qu'elle les prioit de l'aimer bien toujours. On la mena chez le jeune prince, parée comme elle étoit : il la trouva encore plus belle que jamais, et peu de jours après il l'épousa. Cendrillon, qui étoit aussi bonne que belle, fit loger ses deux sœurs au palais, et les maria dès le jour même à deux grands seigneurs de la cour.

MORALITÉ.

La beauté pour le sexe est un rare trésor :
De l'admirer jamais on ne se lasse.
Mais ce qu'on nomme bonne grâce,
Est sans prix, et vaut mieux encor.
C'est ce qu'à Cendrillon fit avoir sa marraine,
En la dressant, en l'instruisant
Tant et si bien, qu'elle en fit une reine ;
Car ainsi sur ce Conte on va moralisant,
Belles, ce don vaut mieux que d'être bien coiffées.
Pour engager un cœur, pour en venir à bout,
La bonne grâce est le vrai don des fées ;
Sans elle on ne peut rien, avec elle on peut tout.

AUTRE MORALITÉ.

C'est sans doute un grand avantage
D'avoir de l'esprit, du courage,
De la naissance, du bon sens,
Et d'autres semblables talens,
Qu'on reçoit du ciel en partage ;
Mais vous aurez beau les avoir,
Pour votre avancement ce seront choses vaines,
Si vous n'avez, pour les faire valoir,
Ou des parrains, ou des marraines.

Analyse sur ce conte.

Un enfant maltraité dans le sein de sa famille, est souvent dans le cas d'éprouver la sensibilité

des personnes étrangères. Cette sensibilité le con-
sole et l'encourage à cultiver avec modestie ses
vertus et ses talens, pour mériter de plus en plus
des dédommagemens aussi flatteurs.

Un autre enivré des preuves de tendresse, et
même d'une admiration aveugle qu'il obtient de
ses parens, conçoit un orgueil qu'il porte dans le
monde, et qui l'y rend insupportable. L'ingratitude et l'indocilité sont le prix des bontés dont
son amour-propre se nourrit. Il faut qu'un enfant
sache que la modestie, au sein du bonheur, est
encore plus touchante que les qualités les plus ai-
mables ; et que la meilleure manière de vaincre
l'humenr des parens les plus injustes et les plus
prévenus, c'est de conserver avec eux le caractère
de soumission et de simplicité dont la nature a fait
un devoir envers eux, tandis que l'accueil et les
louanges des étrangers semblent dispenser de ce
tribut nécessaire. C'est le but que l'auteur s'est
proposé en écrivant ce conte, où le merveilleux
ne sert qu'à relever, pour ainsi dire, les charmes
de la simplicité.

Tout le monde connoit la pièce lyrique jouée avec
succès sous ce titre : dans le conte, et dans l'opéra-
comique, le bonheur de Cendrillon est l'effet d'un
coup de baguette ; des réflexions sages peuvent opé-
rer, avec le temps, ce que la Fée que la malheureuse
Cendrillon intéresse, fait réussir tout d'un coup.

RIQUET A LA HOUPE.
CONTE.

IL étoit une fois une reine qui accoucha d'un fils si laid et si mal fait, qu'on douta long-temps s'il avoit forme humaine. Une fée, qui se trouva à sa naissance, assura qu'il ne laisseroit pas d'être aimable, parce qu'il auroit beaucoup d'esprit : elle ajouta même qu'il pourroit, en vertu du don qu'elle venoit de lui faire, donner autant d'esprit qu'il en auroit, à la personne qu'il aimeroit le mieux. Tout cela consola un peu la pauvre reine, qui étoit bien affligée d'avoir mis au monde un si vilain marmot. Il est vrai que cet enfant ne commença pas plutôt à parler, qu'il dit mille jolies choses, et qu'il avoit dans toutes ses actions je ne sais quoi de si spirituel, qu'on en étoit charmé. J'oubliois de dire qu'il vint au monde avec une petite houpe de cheveux sur la tête, ce qui fit qu'on le nomma Riquet à la Houpe; car Riquet étoit le nom de la famille.

Au bout de sept ou huit ans, la reine d'un royaume voisin accoucha de deux filles. La première qui vint au monde étoit plus belle que le jour : la reine en fut si aise, qu'on appréhenda que la trop grande joie qu'elle en avoit, ne lui fît mal. La même fée qui avoit assisté à la naissance du petit Riquet à la Houpe étoit présente ; et pour modérer la joie de la reine, elle lui déclara que cette petite princesse n'auroit point d'esprit, et qu'elle seroit aussi stupide qu'elle étoit belle. Cela mortifia beaucoup la reine, mais elle eut,

quelques momens après, un bien plus grand chagrin ; car la seconde fille dont elle accoucha, se
trouva extrêmement laide. Ne vous affligez pas
tant, madame, lui dit la fée, votre fille sera ré-
compensée d'ailleurs, et elle aura tant d'esprit,
qu'on ne s'appercevra presque pas qu'il lui manque de la beauté. Dieu le veuille, répondit la
reine ! mais n'y auroit-il point moyen de faire
avoir un peu d'esprit à l'aînée qui est si belle? Je
ne puis rien pour elle, madame, du côté de l'esprit, lui dit la fée, mais je puis tout du côté de
la beauté, et comme il n'y a rien que je ne veuille
faire pour votre satisfaction, je vais lui donner
pour don, de pouvoir rendre beau ou belle la personne qui lui plaira. A mesure que ces deux princesses devinrent grandes, leurs perfections crûrent
aussi avec elles, et on ne parloit partout que de
la beauté de l'aînée et de l'esprit de la cadette. Il
est vrai que leurs défauts augmentèrent beaucoup
avec l'âge. La cadette enlaidissoit à vue d'œil,
et l'aînée devenoit stupide de jour en jour ; ou elle
ne répondoit rien à ce qu'on lui demandoit, ou
elle disoit une sottise. Elle étoit avec cela si mal-
adroite, qu'elle n'eût pu ranger quatre porcelaines
sur le bord d'une cheminée sans en casser une :
ni boire un verre d'eau sans en répandre la moitié
sur ses habits. Quoique la beauté soit un grand
avantage dans une jeune personne, cependant la
cadette l'emportoit presque toujours sur son aînée
dans toutes les compagnies. D'abord on alloit du
côté de la plus belle pour la voir et pour l'admirer : mais bientôt après on alloit a celle qui avoit
le plus d'esprit, pour lui entendre dire mille choses agréables ; et on étoit étonné qu'en moins d'un

Riquet à la Houpe parlant à la belle Princesse.

quart d'heure l'aînée n'avoit plus personne auprès d'elle, et que tout le monde s'étoit rangé autour de la cadette. L'aînée, quoique fort stupide, le remarqua bien ; et elle eût donné sans regret toute sa beauté, pour avoir la moitié de l'esprit de sa sœur. La reine, toute sage qu'elle étoit, ne put s'empêcher de lui reprocher plusieurs fois sa bêtise ; ce qui pensa faire mourir de douleur cette pauvre princesse. Un jour qu'elle s'étoit retirée dans un bois pour y plaindre son malheur, elle vit venir à elle un petit homme fort désagréable, mais vêtu très-magnifiquement. C'étoit le jeune prince Riquet à la Houpe, qui étant devenu amoureux d'elle sur ses portraits, qui couroient partout le monde, avoit quitté le royaume de son père pour avoir le plaisir de la voir et de lui parler. Ravi de la rencontrer ainsi toute seule, il l'aborde avec tout le respect et toute la politesse imaginables. Ayant remarqué, après lui avoir fait les complimens ordinaires, qu'elle étoit fort mélancolique, il lui dit : Je ne comprends point, madame, comment une personne aussi belle que vous l'êtes, peut être aussi triste que vous le paroissez ; car, quoique je pusse me vanter d'avoir vu une infinité de belles personnes, je puis dire que je n'en ai jamais vu dont la beauté approche de la vôtre. Cela vous plaît à dire, monsieur, lui répondit la princesse, et elle en demeura-là. La beauté, reprit Riquet à la Houpe, est un si grand avantage, qu'il doit tenir lieu de tout le reste ; et quand on le possède, je ne vois pas qu'il y ait rien qui puisse vous affliger beaucoup. J'aimerois mieux, dit la princesse, être aussi laide que vous et avoir de l'esprit, que d'avoir de la beauté comque j'en ai, et d'être bête autant que je la suis. Il n'y a rien, madame, qui marque davantage qu'on a de l'esprit, que de croire n'en pas avoir ; et il est de la nature de ce bien-là, que plus on en a, plus on croit en manquer. Je ne sais pas cela, dit la princesse, mais je sais bien que je suis fort bête ; et c'est de-là que vient le chagrin qui me tue. Si ce n'est que cela, madame, qui vous afflige, je puis aisément mettre fin à votre douleur. Et comment ferez-vous, dit la princesse ! J'ai le pouvoir, madame, dit Riquet à la Houpe, de donner de l'esprit autant qu'on en sauroit avoir, à la personne que je dois aimer le plus ; et comme vous êtes, madame, cette personne, il ne tiendra qu'à vous que vous n'ayez autant d'esprit qu'on en peut avoir, pourvu que vous vouliez bien m'épouser. La princesse demeura toute interdite, et ne répondit rien. vois, reprit Riquet à la Houpe, que cette proposition vous fait de la peine, et je ne m'en étonne pas ; mais je vous donne un an tout entier pour vous y résoudre. La princesse avoit si peu d'esprit, et en même temps une si grande envie d'en avoir, qu'elle s'imagina que la fin de cette année ne viendroit jamais ; de sorte qu'elle accepta la proposition qui lui étoit faite. Elle n'eut pas plutôt promis à Riquet à la Houpe qu'elle l'épouseroit dans un an à pareil jour, qu'elle se sentit toute autre qu'elle n'étoit auparavant : elle se trouva une facilité incroyable à dire tout ce qui lui plaisoit, et à le dire d'une manière fine, aisée et naturelle. Elle commença dès ce moment une conversation galante et soutenue avec Riquet à la Houpe, où elle babilla d'une telle force, que Riquet à la Houpe crut lui avoir donné plus d'esprit qu'il ne s'en étoit réservé pour lui-même. Quand elle fut retourné au palais, toute la cour ne savoit que penser d'un changement si subit et six extraordinaire : car autant on lui avoit ouï dire d'impertinences auparavant, autant lui entendoit-on dire des choses bien sensées et infiniment spirituelles. Toute la cour en eut une joie qui ne se peut imaginer ; il n'y eut que sa cadette qui n'en fut pas bien aise, parce que, n'ayant plus sur son aînée l'avantage de l'esprit, elle ne paroissoit plus auprès d'elle qu'une guenon fort désagréable. Le roi se conduisoit par ses avis, et alloit même quelquefois tenir le conseil dans son appartement. Le bruit de ce changement s'étant répandu, tous les jeunes princes des royaumes voisins firent leurs efforts pour s'en faire aimer, et presque tous la demandèrent en mariage ; mais elle n'en trouvoit point qui eût assez d'esprit, et elle les écoutoit tous sans s'engager à aucun d'eux. Cependant il en vint un si puissant, si riche, si spirituel et si bien fait, qu'elle ne put s'empêcher d'avoir de la bonne volonté pour lui. Son père s'en étant apperçu, lui dit qu'il la faisoit la maîtresse sur le choix d'un époux, et qu'elle n'avoit qu'à se déclarer. Comme plus on a d'esprit, et plus on a de peine à prendre une ferme résolution sur cette affaire, elle demanda, après avoir remercié son père, qu'il lui donnât du temps pour y penser. Elle alla par hazard se promener dans le même bois où elle avoit trouvé Riquet à la Houpe, pour rêver plus commodément à ce qu'elle avoit à faire. Dans le temps qu'elle se promenoit, rêvant profondément, elle entendit un bruit sourd sous ses pieds, comme de plusieurs personnes qui vont et viennent, et qui agissent. Ayant prêté l'oreille plus attentivement, elle ouï que l'un disoit : apporte-moi cette marmite; l'autre, donne-moi cette chaudière; l'autre, met du bois dans ce feu. La terre s'ouvrit dans le même temps, et elle vit sous ses pieds comme une grande cuisine pleine de cuisiniers, de marmitons, et de toutes sortes d'officiers nécessaires pour faire un festin magnifique. Il en sortit une bande de vingt ou trente rôtisseurs qui allèrent se camper dans une allée du bois autour d'une table fort longue, et qui, tous la lardoire à la main et la queue de renard sur l'oreille, se mirent à travailler en cadence au son d'une chanson harmonieuse. La princesse, étonnée de ce spectacle, leur demanda pour qui ils travailloient. C'est, madame, lui répondit le plus apparent de la bande, pour le prince Riquet à la Houpe, dont les noces se feront demain. La princesse encore plus surprise qu'elle ne l'avoit été, et se ressouvenant tout-à-coup qu'il y avoit un an qu'à pareil jour elle avoit promis d'épouser le prince Riquet à la Houpe, pensa tomber de son haut. Ce qui faisoit qu'elle ne s'en souvenait pas, c'est que, quand elle fit cette promesse, elle étoit une bête, et qu'en prenant le nouvel esprit que le prince lui avoit donné, elle avoit oublié toutes ses sottises. Elle n'eut pas fait trente pas en continuant sa promenade, que Riquet à la Houpe se présenta à elle, brave, magnifique, et comme un prince qui va se marier. Vous me voyez, dit-il, madame, exact à tenir ma parole; et je ne doute point que vous ne veniez ici pour exécuter la vôtre, et me rendre, en me donnant la main, le plus heureux

de tous les hommes. Je vous avouerai franche-
mens, répondit la princesse, que je n'ai pas encore pris ma résolution là-dessus, et que je ne
crois pas pouvoir jamais le prendre telle que vous
la souhaitez. Vous m'étonnez, madame, dit Riquet
à la Houpe. Je le crois, dit la princesse ; et
assurément si j'avois à faire à un brutal, à un
homme sans esprit, je me trouverois bien embarrassée. Une princesse n'a que sa parole, me diroit-
il ; et il faut que vous m'épousiez, puisque vous
me l'avez promis ; mais comme celui à qui je parle est l'homme du monde qui a le plus d'esprit,
je suis sûre qu'il entendra raison. Vous savez que
quand je n'étois qu'uue bête, je ne pouvois né-
anmoins me résoudre à vous épouser : comment
voulez-vous qu'ayant l'esprit que vous m'avez
donné, qui me rend encore plus difficile en gens
que je n'étois, je prenne aujourd'hui une résolution que je n'ai pu prendre dans ce temps-là ?
Si vous pensiez tout de bon à m'épouser, vous
avez eu grand tort de m'ôter la bêtise, et de me
faire voir plus clair que je ne voyois. Si un homme sans esprit, répondit Riquet à la Houpe,
seroit bien reçu, comme vous venez de le dire,
à vous reprocher votre manque de parole, pourquoi voulez-vous, madame, que je n'en use pas
de même dans une chose où il y va de tout le
bonheur de ma vie ? Est-il raisonnable que les
personnes qui ont de l'esprit, soient d'une pire
condition que celles qui n'en ont pas ? Le pouvez-
vous prétendre, vous qui en avez tant, et qui
avez tant souhaité d'en avoir ? Mais venons au
fait, s'il vous plaît. A la réserve de ma laideur,
y a-t-il quelque chose en moi qui vous déplaise ?

Etes-vous mécontente de ma naissance, de mon esprit, de mon humeur et de mes manières? Nullement, répondit la princesse; j'aime en vous tout ce que vous venez de me dire. Si cela est ainsi, reprit Riquet à la Houpe, je vais être heureux, puisque vous pouvez me rendre le plus aimable de tous les hommes. Comment cela se peut-il faire, lui dit la princesse? Cela se fera, répondit Riquet à la Houpe, si vous m'aimez assez pour souhaiter que cela soit; et afin, madame, que vous n'en doutiez pas, sachez que la même fée qui, au jour de ma naissance, me fit le don de pouvoir rendre spirituelle la personne qu'il me plairoit, vous a aussi fait le don de pouvoir rendre beau celui que vous aimerez, et à qui vous voudrez bien faire cette faveur. Si la chose est ainsi, dit la princesse, je souhaite de tout mon cœur que vous deveniez le prince du monde le plus aimable, et je vous en fais le don autant qu'il est en moi. La princesse n'eut pas plutôt prononcé ces paroles, que Riquet à la Houpe parut à ses yeux l'homme du monde le plus beau, le mieux fait, et le plus aimable qu'elle eût jamais vu. Quelques-uns assurent que ce ne furent point les charmes de la fée qui opérèrent, mais que l'amour seul fit cette métamorphose. Ils disent que la princesse, ayant fait réflexion sur la persévérence de son amant, sur sa discrétion, et sur toutes les bonnes qualités de son ame et de son esprit, ne vit plus la difformité de son corps ni la laideur de son visage; que sa bosse ne lui sembla plus que le bon air d'un homme qui fait le gros dos; et qu'au lieu que jusqu'alors elle l'avoit vu boiter effroyablement, elle ne lui trouva plus

qu'un certain air penché qui la charmoit. Ils disent encore que ses yeux, qui étoient louches, ue
ne lui en parurent que plus brillans ; que leur
déréglement passa dans son esprit pour la marque
d'un violent excès d'amour ; et qu'enfin son gros
nez rouge eut pour elle quelque chose de martial
et d'héroïque. Quoi qu'il en soit, la princesse lui
promit sur le champ de l'épouser, pourvu qu'il
en obtint le consentement du roi son père. Le roi
ayant su que sa fille avoit beauconp d'estime pour
Riqnet à la Houpe, qu'il connoissoit d'ailleurs
pour un prince très-spirituel et très-sage, le reçut
avec plaisir pour son gendre. Dès le lendemain
les noces furent faites, ainsi que Riquet à la
Houpe l'avoit prévu, et selon les ordres qu'il en
avoit donnés long-temps auparavant.

MORALITE.

Ce que l'on voit dans cet écrit,
Est moins un conte en l'air que la vérité même ;
Tout est beau dans ce que l'on aime,
Tout ce qu'on aime a de l'esprit.

AUTRE MORALITE.

Dans un objet où la nature
Aura mis de beaux traits, et la vive peinture
D'un teint où jamais l'art ne sauroit arriver,
Tout ces dons pourront moins pour rendre un cœur
      sensible,
Qu'un seul agrément invisible
Que l'amour y fera trouver.

Analyse sur ce conte.

Si le plus grand plaisir est d'augmenter les
avantages de ce que l'on aime, ou de réparer les
outrages de la nature envers lui, quel moment que
                        celui

celui où son ingratitude lui fait oublier tout ce que la reconnoissance devoit lui inspirer en notre faveur ! C'est bien connoître la jeunesse, que de lui présenter dans un petit cadre les objets de son instruction ; et Riquet à la Houpe éprouvant, à quinze ans, l'ingratitude de la princesse à qui il a donné de l'esprit, touchera toujours plus des enfans de dix ans, qu'un grand personnage livré au malheur de la même situation. Si l'enfant qui lit ou écoute ce conte, est né avec du sentiment, l'instant où la jeune princesse consent enfin à exercer le pouvoir d'embellir Riquet, dont elle a presque méconnu le bienfait, n'effacera point le mépris que lui a inspiré son premier procédé.

Du reste, rien de si ingénieux que le fond et la première idée de cette fiction. Perrault n'en a pas tiré tout le parti possible ; il n'a fait, en quelque façon, qu'un croquis. Madame de Villeneuve a mieux saisi cette idée dans ses contes marins ; car le conte charmant de la Belle et la Bête en est le fruit. Le Procope et Romagnesi avoient suivi plus à la lettre le conte de Perrault, en donnant au théâtre Italien, sous le titre des Fées, une comedie charmante, où les auteurs ont su répandre un intérêt délicat, qui n'est pas dans le conte ; en convertissant, pour ainsi dire, en sentiment, l'esprit que reçoit la jeune personne. Cette comédie est du nombre de celles qu'on regrette de ne pouvoir plus voir qu'en province.

LE PETIT POUCET.

CONTE.

IL étoit une fois un bucheron et une bucheronne qui avoient sept enfans, tous garçons : l'aîné n'avoit que dix ans, et le plus jeune n'en avoit que sept. On s'étonnera que le bucheron ait eu tant d'enfans eu si peu de temps ; mais c'est que sa femme alloit vîte en besogne, et n'en faisoit pas moin de deux à la fois. Ils étoient fort pauvres, et leurs sept enfans les incommodoient beaucoup, parce qu'aucun d'eux ne pouvoit encore gagner sa vie. Ce qui les chagrina encore, c'est que le plus jeune étoit fort délicat, et ne disoit mot, prenant pour bêtise ce qui étoit une marque de la beauté de son esprit. Il étoit fort petit, et quand il vint au monde il n'étoit guère plus gros que le pouce ; ce qui fit que l'on l'appela le petit Poucet. Ce pauvre enfant étoit le souffre-douleurs de la maison, et on lui donnoit toujours le tort. Cependant il étoit le plus fin et le plus avisé de tous ses frères ; et s'il parloit peu, il écoutoit beaucoup. Il vint une année très-fâcheuse, et la famine fut si grande, que ces pauvres gens résolurent de se défaire de leurs enfans. Un soir que ces enfans étoient couchés, et que le bucheron étoit auprès du feu avec sa femme, il lui dit, le cœur serré de douleur : tu vois bien que nous ne pouvons plus nourrir nos enfans ; je ne saurois les voi mourir de faim devant mes yeux, et je suis réso'

Le petit Poucet jetant des cailloux pour recon-
noître son chemin.

de les mener perdre demain au bois, ce qui sera bien aisé: car, tandis qu'ils s'amuseront à fagoter, nous n'avons qu'à nous enfuir sans qu'ils nous voient. Ah! s'écria la bucheronne, pourrois-tu bien toi-même mener perdre tes enfans? Son mari avoit beau lui représenter leur grande pauvreté, elle ne pouvoit y consentir; elle étoit pauvre, mais elle étoit leur mère. Cependant, ayant considéré quelle douleur ce lui seroit de les voir mourir de faim, elle y consentit, et alla se coucher en pleurant. Le petit Poucet ouït tout ce qu'ils dirent; car, ayant entendu de dedans son lit qu'ils parloient d'affaires, il s'étoit levé doucement, et s'étoit glissé sous l'escabelle de son père, pour les écouter sans être vu. Il alla se recoucher, et ne dormit point du reste de la nuit, songeant à ce qu'il avoit à faire. Il se leva de bou matin, et alla au bord d'un ruisseau où il remplit ses poches de cailloux blancs, et ensuite revint à la maison. On partit, et le petit Poucet ne découvrit rien de ce qu'il savoit à ses frères. Ils allèrent dans une forêt fort épaisse, où, à dix pas de distance, on ne se voyoit pas l'un l'autre. Le bucheron se mit à couper du bois, et ses enfans à ramasser des broussailles pour faire des fagots. Le père et la mère les voyant occupés à travailler, s'éloignèrent d'eux insensiblement, et puis s'enfuirent tout-à-coup par un petit sentier détourné. Lorsque ces enfans se virent seuls, ils se mirent à crier et à pleurer de toute leur force. Le petit Poucet les laissait crier, sachant bien par où il reviendroit à la maison; car, en marchant, il avoit laissé tomber le long du chemin les petits cailloux blancs qu'il avoit dans ses po-

Le petit Poucet écoutant la conversation de son
père et de sa mère.

ches. Il leur dit donc : ne craignez point, mes frères, mon père et ma mère nous ont laissé ici, mais je vous ramènerai bien au logis ; suivez-moi seulement. Ils le suivirent, et il les mena jusqu'à leur maison, par le même chemin qu'ils étoient venus dans la forêt. Ils n'osèrent d'abord entrer ; mais ils se mirent tout contre la porte, pour écouter ce que disoient leur père et leur mère.

Dans le moment que le bucheron et la bucheronne arrivèrent chez eux, le seigneur du village leur envoya dix écus qu'il leur devoit il y avoit long-temps, et dont ils n'espéroient plus rien. Cela leur redonna la vie ; car les pauvres gens mouroient de faim. Le bucheron envoya sur l'heure sa femme à la boucherie. Comme il y avoit long-temps qu'ils n'avoient mangé, elle acheta trois fois plus de viande qu'il n'en falloit pour le soupé de deux personnes. Lorsqu'ils furent rassasiés, la bucheronne dit : hélas ! où sont maintenant nos pauvres enfans ? Ils feroient bonne chère de ce qui nous reste là. Mais aussi, Guillaume, c'est toi qui les as voulu perdre ; j'avois bien dit que nous nous en repentirions : que font-ils maintenant dans cette forêt ? Hélas ! mon Dieu, les loups les ont peut-être déjà mangés : tu es bien inhumain d'avoir perdu ainsi tes enfans. Le bucheron s'impatienta à la fin, car elle redit plus de vingt fois qu'ils s'en repentiroient, et qu'elle l'avoit bien dit. Il la menaça de la battre, si elle ne se taisoit. Ce n'est pas que le bucheron ne fût peut-être encore plus fâché que sa femme ; mais c'est qu'elle lui rompoit la tête, et qu'il étoit de l'humeur de beaucoup d'autres gens qui aiment fort les femmes qui disent bien, mais qui trouvent très-importunes celles qui ont toujurs bien dit. La bucheronne étoit toute en pleurs : hélas ! où sont maintenant mes enfans ; mes pauvres enfans ? Elle le dit une fois si haut, que les enfans qui étoient à la porte l'ayant entendue, se mirent à crier tous ensemble : nous voilà ! nous voilà ! elle courut vite leur ouvrir la porte, et leur dit en les embrassant : que je suis aise de vous revoir, mes chers enfans ! vous êtes bien las, et vous avez bien faim : et toi, Pierrot, comme te voilà crotté ! viens que je te débarbouille. Ce Pierrot étoit son fils aîné qu'elle aimoit plus que tous les autres, parce qu'il étoit un peu rousseau, et qu'elle étoit un peu rousse. Ils se mirent à table, et mangèrent d'un appétit qui faisoit plaisir au père et à la mère, à qui ils racontoient la peur qu'ils avoient eue dans la forêt, en parlant presque toujours tous ensemble. Ces bonnes gens étoient ravis de revoir leurs enfans avec eux, et cette joie dura tant que les dix écus durèrent : mais lorsque l'argent fut dépensé, ils retombèrent dans leur premier chagrin, et résolurent de les perdre encore ; et, pour ne pas manquer le coup, de les mener bien plus loin que la première fois. Ils ne purent parler de cela si secrètement qu'ils ne fussent entendus par le petit Poucet, qui fit son compte de sortir d'affaire comme il avoit déjà fait : mais quoiqu'il se fût levé de bon matin pour aller ramasser de petits cailloux, il ne put en venir à bout : car il trouva la porte de la maison fermée à double tour. Il ne savoit que faire, lorsque la bucheronne leur ayant donné à chacun un morceau de pain pour leur déjeûné, il songea qu'il pourroit se servir de son pain au lieu d cailloux, en le jetant par miettes le long des chemins où ils passeroient : il le serra donc dans sa poche. Le père et la mère les menèrent dans l'endroit de la forêt le plus épais et le plus obscur, et dès qu'ils y furent, ils gagnèrent un faux-fuyant et les laissèrent là. Le petit Poucet ne s'en chagrina pas beaucoup, parce qu'il croyoit retrouver aisément son chemin, par le moyen de son pain qu'il avoit semé partout où il avoit passé, mais il fut bien surpris lorsqu'il ne put en retrouver une seule miette ; les oiseaux étoient venus, qui avoient tout mangé. Les voilà donc bien affligés ; car plus ils s'égaroient, et plus ils s'enfonçoient dans la forêt. La nuit vint, et il s'éleva un grand vent qui leur faisoit des peurs épouvantables. Ils croyoient n'entendre de tous côtés que des hurlemens de loups qui venoient à eux pour les manger. Ils n'osoient presque se parler ni tourner la tête. Il survint une pluie qui les perça jusqu'aux os ; ils glissoient à chaque pas, tomboient dans la boue d'où ils se relevoient tout crottés, ne sachant que faire de leurs mains. Le petit Poucet grimpa au haut d'un arbre pour voir s'il ne découvriroit rien : ayant tourné la tête de tous côtés, il vit une petite lueur d'une chandelle, mais qui étoit bien loin par-delà la forêt. Il descendit de l'arbre ; et lorsqu'il fut à terre, il ne vit plus rien ; cela le désola. Cependant ayant marché quelque temps avec ses frères du côté qu'il avoit vu la lumière, il la revit en sortant du bois. Ils arrivèrent enfin à la maison où étoit cette chandelle, non sans bien des frayeurs ; car souvent ils la perdoient de vue, ce qui leur arrivoit toutes les fois qu'ils descendoient dans quelque fonds. Ils heurtèrent à la porte, et une bonne femme vint leur ouvrir. Elle leur demanda ce qu'ils vouloient. Le petit Poucet lui dit, qu'ils étoient de pauvres enfans qui s'étoient perdus dans la forêt, et qui demandoient à coucher par charité. Cette femme, les voyant tous si jolis, se mit à pleurer, et leur dit : Hélas ! mes pauvres enfans, où êtes-vous venus ? Savez-vous bien que c'est ici la maison d'un ogre qui mange les petits enfans ? Hélas ! madame, lui répondit le petit Poucet, qui trembloit de toute sa force aussi bien que ses frères, que ferons-nous ? Il est bien sûr que les loups de la forêt ne manqueront pas de nous manger cette nuit, si vous ne voulez pas nous retirer chez vous ; et cela étant, nous aimons mieux que ce soit monsieur qui nous mange ; peut-être qu'il aura pitié de nous, si vous voulez bien l'en prier. La femme de l'ogre, qui crut qu'elle pourroit les cacher à son mari jusqu'au lendemain matin, les laissa entrer, et les mena se chauffer auprès d'un bon feu ; car il y avoit un mouton tout entier à la broche pour le soupé de l'ogre. Comme ils commençoient à se chauffer, ils entendirent heurter trois ou quatre grands coups à la porte : c'étoit l'ogre qui revenoit. Aussitôt sa femme les fit cacher sous le lit, et alla ouvrir la porte. L'ogre demanda d'abord si le soupé étoit prêt et si on avoit tiré du vin, et aussitôt il se mit à table. Le mouton étoit encore tout sanglant ; mais il ne lui sembla que meilleur. Il flairoit à sa droite et à sa gauche, disant qu'il sentoit la chair fraîche. Il faut, lui dit sa femme, que ce soit ce veau que je viens d'habiller que vous sentiez. Je sens la chair fraîche, te dis-je encore une fois, reprit l'ogre, en regardant sa femme de travers ; et il y a ici quelque chose que je n'entends pas : en disant ces mots, il se leva de table et alla droit au lit. Ah ! dit-il, voilà donc comme tu veux me tromper, maudite femme ! Je ne sais à quoi il tient que je ne te mange aussi : bien t'en prend d'être une vieille bête. Voilà du gibier qui me vient bien à propos pour traiter trois ogres de mes amis qui doivent me venir voir ces jours-ci. Il les tira de dessous le lit l'un après l'autre. Ces pauvres enfans se mirent à genoux en lui demandant pardon ; mais ils avoient à faire au plus cruel de tous les ogres, qui, bien loin d'avoir de la pitié, les dévoroit déjà des yeux, et disoit à sa femme que ce seroient là de friands morceaux lorsqu'elle leur auroit fait une bonne sauce. Il alla prendre un grand couteau ; et en approchant de ces pauvres enfans, il l'aiguisoit sur une longue pierre qu'il tenoit à sa main gauche. Il en avoit déjà empoigné un lorsque sa femme lui dit : Que voulez-vous faire à l'heure qu'il est ? N'aurez-vous pas assez de temps demain ? Tais-toi, reprit l'ogre ; ils en seront plus mortifiés. Mais vous avez encore tant de viande, reprit sa femme : voilà un veau, deux moutons, et la moitié d'un cochon. Tu as raison, dit l'ogre : donne-leur bien à soupé afin qu'ils ne maigrissent pas, et va les mener coucher. La bonne femme fut ravie de joie, et leur porta bien à souper, mais ils ne purent manger, tant ils étoient saisis de peur. Pour l'ogre, il se mit à boire, ravi d'avoir de quoi si bien régaler ses amis. Il but une douzaine de coups plus qu'à l'ordinaire ; ce qui lui donna un peu dans la tête, et l'obligea de s'aller coucher.

L'ogre avoit sept filles qui n'étoient encore que des enfans. Ces petites ogresses avoient toutes le teint fort beau, parce qu'elles mangeoient de la chair fraîche comme leur père ; mais elles avoient de petits yeux gris et tout ronds, et une fort grande bouche, avec de longues dents fort aiguës et fort éloignés l'une de l'autre. Elles n'étoient pas encore bien méchantes ; mais elles promettoient beaucoup ; car elles mordoient déjà les petits enfans pour en sucer le sang. On les avoit fait coucher de bonne heure, et elles étoient toutes sept dans un grand lit, ayant chacune une couronne d'or sur la tête. Il y avoit dans la même chambre un autre lit de la même grandeur : ce fut dans ce lit que la femme de l'ogre mit coucher les sept petits garçons, après quoi elle s'alla coucher auprès de son mari. Le petit Poucet, qui avoit remarqué que les filles de l'ogre avoient des couronnes d'or sur la tête, et qui craignoit qu'il ne prit à l'ogre quelques remords de ne les avoir pas égorgés dès le soir même, se leva vers le milieu de la nuit, et prenant les bonnets de ses frères et le sien, il alla tout doucement les mettre sur la tête des sept filles de l'ogre, après leur avoir ôté leurs couronnes d'or, qu'il mit sur la tête de ses frères et sur la sienne, afin que l'ogre les prît pour ses filles, et ses filles pour les garçons qu'il vouloit égorger. La chose réussit comme il l'avoit pensé ; car l'ogre s'étant éveillé sur le minuit, eut regret d'avoir différé au lendemain ce qu'il pouvoit exécuter la veille. Il se jeta donc brusquement hors du lit, et prenant son grand couteau : Allons voir, dit-il, comment se portent nos petits drôles ; n'en faisons pas à deux fois. Il monta donc à tâtons dans la chambre de ses filles, et s'approcha du lit où étoient les petits garçons, qui dormoient tous, excepté le petit Poucet, qui eut bien peur lorsqu'il sentit la main de l'ogre qui lui tâtoit la tête, comme il avoit tâté celle de ses frères. L'ogre qui sentit les couronnes d'or : Vraiment, dit-il, j'allois faire là un bel ouvrage ; je vois bien que je bus trop hier au soir. Il alla ensuite au lit de ses filles, où ayant senti les petits bonnet des garçons : Ah ! les voilà, dit-il, nos gaillards ; travaillons hardiment. En disant ces mots, il coupe, sans balancer, la gorge à ses sept filles. Fort content de cette expédition, il alla se recoucher auprès de sa femme. Aussitôt que le petit Poucet entendit ronfler l'ogre, il réveilla ses frères, et leur dit de s'habiller promptement et de le suivre. Ils descendirent doucement dans le jardin, et sautèrent par-dessus les murailles. Ils coururent presque toute la nuit, toujours en tremblant et sans savoir où ils alloient. L'ogre, s'étant éveillé, dit à sa femme : Va-t-en là-haut habiller ces petits drôles de hier au soir. L'ogresse fut étonné de la bonté de son mari, ne se doutant point de la manière qu'il entendoit qu'elle les habillât ; et croyant qu'il lui ordonnoit de les aller vêtir, elle monta en haut, où elle fut bien surprise, lorsqu'elle apperçut ses sept filles égorgées et nageant dans leur sang. Elle commença par s'évanouir, (car c'est le premier expédient que trouvent presque toutes les femmes en pareilles recontres.) L'ogre, craignant que sa femme ne fût trop long-temps à la besogne dont il l'avoit chargée, monta en haut our lui aider. Il ne fut pas moins étonné que sa me, lorsqu'il vit cet affreux spectacle. Ah !

Le petit Poucet ôte les bottes de l'ogre.

qu'ai-je fait là, s'écria-t-il? Ils me le payeront,
ces malheureux, et tout-à-l'heure. Il jeta aussitôt
une potée d'eau dans le nez de sa femme ; et l'ayant
fait revenir : Donne-moi vîte mes bottes de sept
lieues, lui dit-il, afin que j'aille les attraper. Il
se mit en campagne, et après avoir couru de tous
côtés, enfin il entra dans le chemin où marchoient
ces pauvres enfans, qui n'étoient plus qu'à cent
pas du logis de leur père. Ils virent l'ogre, qui
alloit de montagne en montagne, et qui traversoit
des rivières aussi aisément qu'il auroit fait le
moindre ruisseau. Le petit Poucet, qui vit un
rocher creux proche le lieu où ils étoient, y fit
cacher ses six frères, et s'y fourra aussi, regardant
toujours ce que l'ogre deviendroit. L'ogre, qui
se trouvoit fort las du long chemin qu'il avoit fait
inutilement, (car les bottes de sept lieues fatiguent
fort leur homme) voulut se reposer ; et par hazard,
il alla s'asseoir sur la roche où les petits garçons
s'étoient cachés. Comme il n'en pouvoit plus de
fatigue, il s'endormit après s'être reposé quelque
temps, et vint à ronfler si effroyablement, que les
pauvres enfans n'en eurent pas moins de peur que
quand il tenoit son grand couteau pour leur couper
la gorge. Le petit Poucet en eut moins de peur,
et dit à ses frères de s'enfuir promptement à la
maison pendant que l'ogre dormoit bien fort, et
qu'ils ne se missent point en peine de lui. Ils crurent
son conseil, et gagnèrent vîte la maison. Le petit
Poucet s'étant approché de l'ogre, lui tira doucement ses bottes, et les mit aussitôt. Les bottes
étoient fort grandes et fort larges : mais comme
elles étoient fées, elles avoient le don de s'aggran-
dir et s'appetisser selon la jambe de celui qui les

chaussoit ; de sorte qu'elles se trouvèrent aussi justes à ses pieds et à ses jambes, que si elles avoient été faites pour lui. Il alla droit à la maison de l'ogre, où il trouva sa femme qui pleuroit auprès de ses filles égorgées. Votre mari, lui dit le petit Poucet, est en grand danger ; car il a été pris par une troupe de voleurs, qui ont juré de le tuer s'il ne leur donne tout son or et tout son argent. Dans le moment qu'ils lui tenoient le poignard sur la gorge ; il m'a apperçu, et m'a prié de vous venir avertir de l'état où il est, et de vous dire de me donner tout ce qu'il a vaillant, sans en rien retenir, parce qu'autrement ils le tueront sans miséricorde. Comme la chose presse beaucoup, il a voulu que je prisse ses bottes de sept lieues que voilà, pour faire diligence, et aussi afin que vous ne croyez pas que je sois un affronteur. La bonne femme, fort effrayée, lui donna aussitôt tout ce qu'elle avoit ; car cet ogre ne laissoit pas d'être fort bon mari, quoiqu'il mangeât les petits enfans. Le petit Poucet étant donc chargé de toutes les richesses de l'ogre, s'en revint au logis de son père, où il fut reçu avec bien de la joie.

Il y a bien des gens qui ne demeurent pas d'accord de cette dernière circonstance, et qui prétendent que le petit Poucet n'a jamais fait ce vol à l'ogre ; qu'à la vérité il n'avoit pas fait conscience de lui prendre ses bottes de sept lieues, parce qu'il ne s'en servoit que pour courir après les petits enfans. Ces gens-là assurent le savoir de bonne part, et même pour avoir bu et mangé dans la maison du bucheron. Ils assurent que lorsque le petit Poucet eut chaussé les bottes de l'ogre ; il s'en alla à la cour, où il savoit qu'on étoit fort en peine d'une armée qui étoit à deux cent lieues de là, et du succès d'une bataille qu'on avoit donnée. Il alla, disent-ils trouver le roi, et lui dit que s'il le souhaitoit, il lui rapporteroit des nouvelles de l'armée avant la fin du jour. Le roi lui promit une grosse somme d'argent s'il en venoit à bout. Le petit Poucet rapporte des nouvelles dès le soir même; et cette première course l'ayant fait connoître, il gagnoit tout ce qu'il vouloit : car le roi payoit parfaitement bien pour porter ses ordres à l'armée; et une infinité de dames lui donnoient tout ce qu'il vouloit pour avoir des nouvelles de leurs amans, et ce fut là son plus grand gain. Il se trouvoit quelques femmes qui le chargeoient de lettres pour leurs maris : mais elles le paypient si mal, et cela alloit à si peu de chose, qu'il ne daignoit pas mettre en ligne de compte ce qu'il gagnoit de ce côté-là. Après avoir fait pendant quelque temps le métier de coureur, et y avoir amassé beaucoup de bien, il revint chez son père, où il n'est pas possible d'imaginer la joie qu'on eut de le revoir. Il mit toute sa famille à son aise. Il acheta des offices de nouvelle création pour son père et pour ses frères; et par là il les établit tous, et fit parfaitement bien sa cour en même temps.

MORALITÉ.

On ne s'afflige point d'avoir beaucoup d'enfans,
  Quand ils sont tous beaux, bien faits et bien
    Et d'un extérieur qui brille ;
   Mais si l'un d'eux est foible, on ne dit mot
    On le méprise, on le raille, on le pille
Quelquefois cependant, c'est ce petit marmot,
Qui fera le bonheur de toute sa famille.

Analyse sur ce Conte.

Il semble que dans ce conte, Perrault, veut que des enfans sachent qu'à tout âge, avec de l'esprit, du courage et de la prudence, on peut échapper à la méchancété des hommes ; et la conduite du petit Poucet est ici un exemple d'autant plus capable de les instruire, qu'il est plus à leur portée. La meilleure manière de former la jeunesse, est de lui donner, pour ainsi dire, de grandes idées avec de petits moyens.

FIN.